KB117276

이 겨울,
커피 한잔과 함께
　　　권 영 민

커피
한
잔

커피 한잔

지은이 권영민
펴낸이 임상진
펴낸곳 (주)넥서스

초판1쇄 인쇄 2021년 12월 22일
초판1쇄 발행 2022년 1월 5일

출판신고 1992년 4월 3일 제311-2002-2호
10880 경기도 파주시 지목로 5
Tel (02)330-5500 Fax (02)330-5555

ISBN 979-11-6683-197-3 03810

www.nexusbook.com
&(앤드)는 (주)넥서스의 문학 브랜드입니다.

커피 한잔

권영민 에세이

&

다시 커피 한잔

〈커피 한잔〉이라는 노래가 있다. 대학 시절 다방에서 흔히 들었던 노래다. 당시 다방 풍경은 지금의 카페와는 그 분위기가 사뭇 다르다. 그렇지만 이 노래의 축축함에 묻어나는 낭만이라는 것도 있었다.

커피 한잔을 시켜놓고
그대 오기를 기다려봐도
웬일인지 오지를 않네
내 속을 태우는구려
8분이 지나고 9분이 오네
1분만 지나면 나는 가요

난 정말 그대를 사랑해

내 속을 태우는구려

아 그대여 왜 안 오시나

아 사람아 오 오 기다려요

이 노래는 약간의 중독성(?)이 있다. 듣는 순간 나도 모르게 흥얼거리며 박자를 따라간다. 그리고 바로 다방 안의 풍경을 그려낸다. 다방 구석에 몇몇은 혼자 앉아 있다. 연신 손목의 시계를 들여다보는 모습이 노래 속의 '그대'를 기다리는 중임을 말해준다. 만나기로 한 약속 시간이 넘은 것이다. 더 이상 기다릴 수 없다는 듯이 시계를 보며 자리를 박차고 일어서는 것은 대개 젊은 '미스'다. 입구 쪽의 자리에 앉아 있던 청년은 벌써 몇 차례나 애꿎은 엽차만 주문한다.

그런데 내 기억 속의 〈커피 한잔〉은 이런 장면보다 더 쓸쓸하고 애잔하다. 월남 파병을 앞둔 형과 헤어지던 날이다. 짧은 휴가를 나온 형을 만난 곳이 서울역 염천교 근처의 작은 다방이었다. 우리 형제는 커피를 시켜놓고 서로 아무 말도 하지 못했다. 며칠 후에 월남으로 떠나는 형은 연신 내 부실한 건강 걱정을 했다. 그러곤 "1년 뒤에는 돌아오니까" 하면서 내 손을 꼭 잡았다.

그때 다방 안 스피커에서 흘러나온 노래가 〈커피 한잔〉이다.

처음 들어보는 노래였다. 형은 연신 담배연기를 뿜어댔다. 그리고 손목시계를 보곤 했다. 기차 시간을 확인하는 것이었지만 여전히 출발 시간은 한 시간 이상 남아 있었다. 나는 따뜻한 엽차를 다시 주문했다. 그러고는 나도 모르게 그 노래를 따라 흥얼거렸던 것 같다.

"특이하네. 저런 노래가 있었나?"

형도 나처럼 그 노래에 마음이 쏠렸던 모양이다. 낯선 음조이지만 가사도 재미있어서 바로 듣고 흥얼댈 수 있을 정도로 귀에 쏙 들어왔다. 하필이면 형과 헤어지는 자리에서 나는 〈커피 한잔〉에 꽂혔다. 나중에 알게 되었지만 이 노래의 주인공은 펄 시스터즈였다. 두 자매가 부른 이 노래는 이렇게 끝이 난다.

불덩이 같은 이 가슴
엽차 한잔을 시켜봐도
웬일인지 오지를 않네
내 속을 태우는구려
아 그대여 왜 안 오시나
아 사람아 오 오 기다려요

〈커피 한잔〉에는 다방 시대 연애의 풍속이 한 장면으로 담겨 있다. 허탕을 친 연인과의 약속, 기다림에 지친 안타까움을 '아 그대여 왜 안 오시나' 하고 반복적으로 노래한다. 하지만 그 속에는 슬픔이라는 느낌이 진하게 담겨 있지는 않다. 애타게 기다리면서도 약간 짜증이 난다. 시간이 지났는데도 나타나지 않는 사람이 원망스럽다. 그렇다고 다방 구석에서 한없이 기다릴 수는 없는 일이다. 엽차라도 한잔 더 시켜놓고 그냥 흥얼거리면서 노래를 따라 부르게 한다. 그런 매력이 커피처럼 이 노래에 숨겨져 있다.

*

지금도 나는 〈커피 한잔〉을 들을 때마다 가슴이 애잔하다. 쓸쓸한 연애의 추억 때문이 아니다. 1960년대 말의 젊은이들이 감당해야 했던 시대의 암울이 조금씩 묻어나기 때문이다. 월남으로 떠나는 형에게 나는 "내년 이맘때 다시 만나자"는 말밖에는 아무 소리도 하지 못했다. 오히려 형이 내 건강 걱정에 약을 잘 챙겨 먹으라면서 내 등을 두드렸다. 개찰구에서 형을 전송하고 서울역 광장을 빠져나오면서 나는 스스로 깜짝 놀랐다. 나도 모르게 '커피 한잔을 시켜놓고…'를 따라 하고 있었던 것이다.

다시 커피 한잔을 들고 나의 촌스러운 커피 이야기를 나누고 싶다. 커피의 매혹을 나보다 더 잘 알고 있는 독자들과 함께라면 두 잔의 진한 커피도 사양하지 않겠다.

2021년 초겨울
권영민

차례

일러두기

- 본문에 나오는 외래어는 국립국어원의 외래어표기법을 따랐습니다. 단,
  일부는 절충하여 일상적 표기법을 따랐습니다.
- 본문에 자주 사용되는 '한잔'이라는 단어는 의미적으로 띄어 써야 하는
  경우에도 '한잔'으로 통일했습니다.

제1장

커피의 문화

#가비加非와 커피

우리에게 낯선 외국어였던 '커피'라는 단어는 언제쯤 등장했을까?

불과 100년 전만 해도 우리말에는 '커피'라는 말이 없었다. 당시에 커피는 우리 주변에 존재하지 않는 것이었으니까 그런 말이 생길 리가 없다. 커피를 본 사람도 없고 맛본 사람도 없으니 그게 당연한 일이다. 사물의 이름이라는 것은 경험 속에서 만들어진다. 직접 체험하지 않은 것은 그저 무지의 상태가 되기 마련이다.

*

우리나라 사람들이 '커피'를 언제부터 알게 되었을까? 궁금해서 찾아본 책이 1895년 간행된 유길준의 《서유견문西遊見聞》이다. 내가 읽었던 책들 중에는 이 책에 커피라는 말이 처음 등장한다. 아마 그 이전에 다른 기록이 있을지도 모르겠다.

　　《서유견문》에 '커피'는 '가비加非'라는 말로 소개되었다. 이 책은 제목 자체가 말해주듯이 '서구 세계를 두루 돌아보면서 보고 들은 것을 기록한 것'이라고 할 수 있지만, 그 내용 자체는 여행기의 성격을 띠고 있지 않다. 물론 유길준이 조선인 최초로 미국에서 유학했고 귀국 과정에서 세계를 두루 돌아본 경험이 이 책의 저술 내용과 직결되어 있다. 서구 여행의 견문이라는 주관적 서술보다는, 한국 사회에 새로운 충격을 주며 등장하게 된 서구의 문명에 대한 다양한 지식을 소개하는 데에 더 큰 비중을 두고 있는 것이 사실이다. 그러므로 이 책은 개화계몽시대의 문명개화에 관한 주장을 대표하는 저술로 널리 알려져 있다.

　　《서유견문》의 전체적인 구성을 살펴보면, 제1편 지구세계의 개론, 제2편 세계의 인종과 물산, 제3편 국가의 권리와 국민의 교육, 제4편 인민의 권리와 인간 세상의 경쟁, 제5편 정치 제도, 제6편 정부의 직분, 제7편 조세제도, 제8편 세금의 용도, 제9편 교육과 군사제도, 제10편 화폐의 원리와 법률 및 경찰제도, 제11편 정당제도, 제12편 애국심과 어린이 교육 방법, 제13편 서양 학문과 군제 및 종교의 내력, 제14편 상업론과 개화開化론, 제15편 결혼식과 장례식 등 서양 예절, 제16편 의식주 제도와 놀이, 제17편 병원·교도소·도서관·신문 등, 제18편 증기기관·기차·전신·전화 등, 제19~20편 각국 대도시의 모습 등으로 이루어져 있다. 여기서 저자 자신의 서구 체험과 견문을 중심으로 내용을 서술한 부분은 후반부의 제15~20편에 해당한다. 물론 이 부분도 시공간의 이동을 서술의 근간으로 삼는 여행 서사의 형식과 다르게 대체로 설명적인 서술법을 택하고 있다.

《서유견문》에서 '커피'는 제16편 서양의 의복과 음식, 주택을 설명하면서 등장한다. 서양 음식을 소개하는 내용을 보면 '다茶 급及 가비茄非ᄂᆞᆫ 아방我邦의 열냉수熱冷水 ᄀᆞᆺ치 음飮ᄒᆞ고'라는 구절이 나온다. 서양 사람들이 차와 커피를 우리나라의 숭늉과 냉수처럼 마신다는 뜻이다. 더 이상의 설명이 없다. 여기에서 소개하고 있는 '가비茄非'가 우리나라 개화계몽기에 본격적으로 들어온 커피였다고 생각된다. 물론 가비가 어떻게 만드는 음료인지 어떤 맛인지 등에 대해서는 전혀 설명하지 않았다.

유길준이 쓰고 있는 '가비'라는 말은 일본에서 사용했던 한자어를 그대로 차용한 것이다. 지금도 일본에서는 커피를 '코히コーヒー'라고 한다. 이 말은 원래 화란어의 코피koffie에서 유래한 것이다. 일본인들이 이를 음차音差하여 한자로 표기한 것이 '가

16

비' 또는 '가배咖啡, 珈琲'이다. 말하자면 일본제 한자어인 셈이다. 이 말이 그대로 《서유견문》에 소개된 후 우리나라에서도 커피가 '가배, 가비' 등으로 알려진다. '가비차'라고 불리는 이 신기한 음료는, 그 차를 마시는 풍속과 함께 배를 타고 물 건너 들어온 박래품 중 하나였다.

*

유길준의 《서유견문》에 처음 소개된 '가비'는 신문 기사에 등장하기 시작하면서 사람들의 호기심을 자극했다. 1898년 9월 13일 《독립신문》의 잡보를 보면 고종 황제와 커피에 관한 놀라운 기사가 실렸다. 〈황송한 일〉이라는 제목 아래 고종 황제와 황태자가 밤중에 '가피차'를 마신 후 모두 토하고 시종들도 그것을 맛본 후 혼도했다는 내용을 보도하고 있다. 커피를 '가비加非'라는 한자어 대신에 아예 '가피차'라고 순 국문으로 적어놓고 있는 것도 눈에 띈다.

그저께 밤에 가피차를 황태자 전하께서 많이 진어하신 후 곧 토하시고 정신이 혼미하사 위석하시고 황상 폐하께서는 조금 진어하신 후 조금 있다 토하시고 근시 김한종, 김석태 양씨와 엄 상

17

궁이 퇴선을 맛본 후 김한종 씨는 곧 혼도하여 불성인사하매 업어 내어가고 하인 넷이 나머지를 먹고 또 병이 들었다 하니 황상 폐하께옵서와 황태자 전하께옵서 돌리신 일은 감축하오나 수라 맡은 사람들의 조심 아니한 것은 황송한 일이로다.

신문 기사의 보도 내용은 훗날 고종 황제에 대한 독살 음모 사건으로 밝혀졌다. 사건의 중심에 서 있던 사람은 고종 황제의 측근으로 권세를 부렸던 역관 출신 김홍륙이라는 관리였다. 김홍륙은 일찍이 러시아 블라디보스토크에서 일하며 익힌 러시아어 덕분에 주한 러시아 공사관의 통역관으로 일했던 인물이다. 그는 때를 잘 만나 아관파천 이후 출세의 가도에 들어선다. 고종 황제는 김홍륙을 학부협판(지금의 차관급)으로 발탁했고, 고종 황제의 신임을 등에 업은 그는 한성부 판윤의 자리에까지 오르게 된다. 한성부 판윤이라는 자리는 정이품의 고위직으로, 요즘으로 치면 서울특별시 시장과 같다.

김홍륙은 황제의 신임으로 높은 관직에 오르자 혼란된 정국을 틈타서 각종 부정을 저지르며 재산을 모은다. 그의 부정과 비리가 세상에 드러나자, 황실에서는 그를 체포하여 종신형을 내리고 흑산도로 유배하도록 명한다. 그런데 그는 자신의 잘못을 뉘우치기는커녕 오히려 자신에게 종신형을 내린 고종 황제에게 앙심을 품게 된다. 그는 유배를 떠나기 직전 덕수궁 수라간의 사람을 매수하여 황제가 평소 즐겼던 가피차에 다량의 독약을 넣게 했다. 다행히도 고종 황제는 가피차의 맛과 향기가 평소와 다르다는 것을 느끼고 마시려던 가피차를 내뱉어 화를 면했다. 이것이 바로 '가비차'에 얽힌 고종 독살 음모 사건이다.

신문 기사의 내용으로 미루어보자면 한국인 최초로 커피를 즐긴 사람이 고종 황제였다는 말이 헛소문은 아닌 듯하다. 그러나 고종 황제가 어떻게 커피를 접할 수 있게 되었는지 믿을 만한 기록이 거의 없다. 내가 여기저기에서 찾아 읽은 황제와 커피에 관한 일화는 별로 향미롭지 못하다. 오히려 묵은 커피처럼 떫고 씁쓸하다.

*

고종 황제가 경복궁을 떠난 것은 1896년 이른바 을미사변이라고 알려진 명성황후 시해 사건 직후의 일이다. 일본이 군대를 동원하여 경복궁으로 진입해 황후를 살해한 엄청난 사건이 모두 밝혀지자 황제는 자신의 신변에 위협을 느끼게 된다. 고종 황제는 일본군의 감시망을 벗어나 러시아 공사 베베르의 도움을 받아 러시아 공사관에 몸을 피신한다. 이것이 바로 '아관파

19

천'이다. 고종 황제는 1896년 2월부터 1년 가까이 러시아 공관에 묵으면서 러시아 군사들의 호위를 받았다. 고종 황제가 러시아 공사관에 피신하여 지내게 되자, 베베르 공사는 자기 처형인 손탁이라는 여성에게 고종 황제를 가까이에서 수발하게 했다. 이때 고종 황제가 커피에 입맛을 들인 것으로 알려져 있다. 당시의 상황을 정확하게 기록한 내용은 없지만 고종 황제는 러시아 공관에서 덕수궁으로 다시 환궁한 후에도 커피를 즐겼다고 한다.

고종 황제의 커피 시중을 들었다고 하는 손탁Antoniette Sontag, 1854~1925은 대한제국과 러시아제국에서 활약한 독일계 여성 통역사이다. 손탁호텔의 지배인으로 잘 알려져 있는 그녀의 한국식 이름이 손탁孫澤이다. 손탁은 프랑스 알자스로렌의 독일계 가정에서 태어났지만 나중에 러시아로 이주하여 러시아 국적을 취득하고, 영어와 프랑스어, 독일어의 통역사 자격을 얻었다. 1885년에 주조선 러시아 제국 공사로 카를 베베르가 임명되자 함께 한국어 통역관으로 조선에 파견되어 일한다. 명성황후의 시해 사건 직후 베베르 공사의 군사적 지원으로 이른바 '아관파천'의 거사를 실현하게 되었을 때, 손탁은 막후의 인물로 활약하면서 왕실과의 연락 업무를 담당했던 것으로 알려져 있다.

고종 황제는 러시아 공관에서 1년 가까이 지내는 동안 정성껏 자신의 시중을 들던 손탁의 노고를 치하하는 뜻으로 1898년 서양식 건물을 지어서 손탁에게 하사하였다. 손탁은 이 건물의 실내장식을 서구식으로 꾸며 '빈관儐館'으로 운영했는데, 이것이 한국 최초의 서양식 호텔 운영이라고 할 수 있다. 당시 한국 정부에서는 외국 귀빈들의 방한이 빈번해지자 이들을 영접할 수 있는 영빈관을 필요로 했다. 물론 서울에는 외국인 전용 호텔이 전무한 상태였다. 그래서 1902년 한국 정부가 손탁의 빈관을 헐어내고 그 자리에 2층 서양식 건물을 신축하여 이를 손탁으로 하여금 영빈관으로 운영하게 했다. 이것이 세간에 널리

알려진 '손탁호텔'이다. 고종 황제의 내탕금內帑金으로 세워진 손탁호텔에 서양식 요리를 전문으로 하는 식당이 들어섰고 호텔식 커피숍도 이때 생겨났다.

*

커피가 대중의 기호품으로 등장한 것은 1910년을 전후한 시기가 아닌가 생각된다. 을사조약 이후 일본인들이 밀려오면서 서울의 명동 일대에 '끽다점喫茶店'이라는 이름으로 커피숍을 열자, 커피는 '가비차' 또는 '가피차'라는 명칭 대신에 '가배차'라는 이름으로 널리 알려지게 된다. '가배차'는 1920년대 중반을 지나며 한국인들이 운영하는 다방이 하나둘 서울에 들어서면서 다방의 인기 메뉴의 하나로 자리 잡는다. 그리고 '가배차'라는 말과 함께 영어의 '커피coffee'라는 말도 함께 쓰이기 시작한다.

커피는 해방 직후부터 한국인들의 일상 속으로 파고들면서 자연스럽게 대중의 기호품이 되었다. 그리고 커피 자체가 다양한 사회적 현상들을 만들어냈다. 커피를 마시며 즐길 수 있는 공간은 다방, 찻집, 다실, 카페, 커피숍 등이 적힌 간판으로 바뀌면서 모습을 달리했다. 직업적으로 커피를 서비스하는 사람이 늘어나 한때 다방의 마담이니 레지니 하는 직업도 생겨났다. 요즘에는 바리스타라는 인기 직종까지 등장했다. 커피를 마시는 잔과 받침도 커피에 알맞게 만들어져 커피 세트를 이루었고, 원두를 가공해서 커피를 뽑아내는 간편한 여러 가지 도구들이 일반 가정의 주방에까지 들어서게 되었다. 커피의 향취만큼 '커피의 기호'가 퍼져 있는 셈이다.

커피는 문화다. 이렇게 거창하게 커피를 내세운다 해도 별로 이상하지 않다. 우리가 매일 한두 잔씩 마시는 커피를 두고 무얼 그리 요란을 떨 일이 있겠는가? 하지만 커피를 문화라고까지 말하려면 당연히 다시 물어야만 한다. 나에게 커피란 무엇인가?

#커피의 유혹

내가 읽은 우리나라 소설 가운데 커피가 가장 먼저 등장하는 것이 신소설 《박정화薄情花》다. 이해조가 《대한민보》(1910.3.10.~5.31.)에 연재했던 이 소설에 커피의 유혹이 드라마틱하게 펼쳐진다. 이해조는 개화기부터 일제 강점기의 초반에 이르기까지 많은 신소설을 창작 발표하였다. 그의 신소설은 대중적인 흥미를 중심으로 특히 새롭게 변화하는 당대의 풍속에 대한 폭넓은 관심을 보여준 바 있다.

신소설 《박정화》는 1912년 일제강점기 이후 단행본으로 출판되면서 《산천초목》으로 바뀌었다. 원제인 '박정화'가 지나치게 퇴폐적이고 세태 풍속에 해를 끼친다는 이유로 조선총독부 경무국에서 제목을 바꾸도록 명했기 때문이다. 이 소설 속에는 주인공이 커피를 가지고 여인을 유혹하는 이야기가 매우 흥미롭게 펼쳐진다.

소설의 주인공 이시종은 양반댁 자제이지만 장안의 난봉꾼으로 유명하다. 이시종은 거리에서 우연히 가마를 타고 가는 한 여인을 발견한다. 언뜻 보기에 옆얼굴이 너무 아름답다. 이시종은 몰래 가마를 뒤따라가서 그 가마가 들어가는 집을 알아낸다. 그 가마 속의 여인은 박참령의 애첩 강릉집이다. 이시종은 이 여인을 유혹할 계책을 생각한다. 이시종이 뚜쟁이 신마마를 내세워 강릉집을 밖으로 불러내는데, 바로 그곳이 당시에 유명했던 대중극장 '연흥사'다.

*

연흥사라는 대중적인 연희 공간이 궁금하다. 당시 '연희演戱'는 극장 무대에서 판소리 창극이나 춤, 재담, 남사당패 놀이, 난쟁이 요술 등으로 관객을 즐겁게 하는 공연을 말한다. 서울에는 세종로 옆의 원각사, 종로의 단성사, 사동의 연흥사, 교동의 장안사 등 많은 연희 무대가 설치되어 관객을 끌어모았다. 연희 무대의 시작은 1902년 고종 황제 등극 1주년을 경축하는 칭경稱慶 예식으로 거슬러 올라간다. 궁내부가 설치한 '협률사協律司'

가 전국의 명창·재인 170여 명을 불러 모아 경축 공연을 준비했으나, 콜레라로 공연이 무산되자 이를 상업화한 것이 '연희'의 출발점이다.

연흥사는 1907년 11월 사동(현재의 인사동)의 장윤직張潤稙이라는 사람이 살았던 큰 저택을 개조하여 개설했다고 한다. 1908년 5월 6일자 《대한매일신보》에 의하면, 연흥사에서 창극 〈화용도華容道〉의 공연을 위해 30여 명의 창부倡夫를 모집했다는 기사가 나온다.

창설 당시의 연흥사는 초기 극장 무대였던 협률사, 원각사 등과 마찬가지로 판소리와 창극을 무대에 올리고, 남사당패의 기예 공연이나 기생의 춤과 소리로 공연 프로그램을 다채롭게 구성했다. 풍속을 개량한다는 명분으로 연 연희 무대였지만, 남녀노소가 밤마다 사랑놀이에 빠지면서 문제가 끊이지 않았다. 누가 누구와 연희장에 출입하는지가 세인의 관심을 끌었다. '궁내부 대신 민병석이 어떤 여자를 대동하고 원각사의 연극을 구경했는데, 남녀가 서로 붙어 앉아 있는 모습이 추잡하여 세인의 손가락질을 받았다', '농상부 대신 조중응이 사복을 입고 순사 하나를 대동한 채 사동 연흥사에 가서 연희를 구경하였다'는 기사도 났다. 이렇게 여론이 들끓자 경무국에서는 연희장에서 남녀가 한자리에 앉는 것을 금하고, 창부를 가려내기 위해 젊은 여자들의 출입을 감시하는 웃지 못할 일이 벌어진다. 그런데도 경시청 간부가 원각사에서 기생을 끼고 연희를 관람하다가 사람들의 손가락질을 받는 등의 물의는 계속 이어진다.

세상의 풍물이 모두 변하고 나라가 기울면서 정세가 험악해졌지만 새로 등장한 연희 무대는 여전히 대중의 인기를 끌게 된다. 1910년 일제 강점이 시작된 후 연흥사는 일본식 신파극단까지 받아들인다. 임성구의 신파극단 혁신단이 연흥사를 주 무대로 삼아 대중적 흥행을 몰아간 것은 유명한 이야기다. 그러나 연흥사가 아무리 신파극의 본거지가 되었어도 식민지 치하에서 흥행을 지속하지 못하면서 결국 1914년 10월 8일에 문을 닫는다.

*

《산천초목》의 주인공 이시종은 연흥사의 으슥한 극장 안으로 박참령의 첩실인 강릉집을 꼬여낸다. 신마마와 함께 처음 극장 구경을 나온 강릉집은 세상의 모든 것이 신기하다. 우선 연흥사 공연장은 좌석에 따라 입장료가 다르다. 강릉집이 자리 잡은 특등석은 칸막이로 구분되어 있는 데다 '보이'의 커피 서비스가 이어지고, 추울 것을 염려하여 숯불화로까지 가져다준다.

이시종과 강릉집의 은밀한 만남이 바로 여기서 이루어진다.

양반집 첩실로 방 안에 들어박혀 살았던 강릉집의 화려한 외출은 소설에서 다음과 같이 묘사되고 있다.

강릉집은 얼굴이 발개졌다 눈살이 꼿꼿했다 상끗 웃기도 하고 머리를 끄덕끄덕하기도 한다.

한참 이러할 때에 어떠한 뽀이 놈이 문밖에 와서,

뽀이: 신마마님, 어디 계십시오니까?

신: 왜? 어서 왔느냐? 신마마가 내다. 그게 무엇이냐?

뽀이: 예, 저는 예서 사환 하는 아이올시다. 이 아래에서 이시종 영감께서 가비차를 보내시며 일기가 추운데 한 곡보씩 마십시사 여쭈라고 하셔요.

신: 에그, 다정도 하셔라. 이것은 또 무엇이냐?

뽀이: 금구지 궐련하고 서양과자올시다.

신마마가 받아 강릉집 앞에다 놓고,

신: 이것을 우리가 아니 먹으면 남의 정을 막는 것일세. 어서 먹세.

강릉집: 나는 싫소. 형님이나 잡수시오.

신: 에그, 저런 말 보아. 나 먹으라고 보낸 줄 아나, 자네 위해 보냈지.

강릉집: 여보, 망측시럽소. 그 양반이 나를 왜 위하여 보냈단 말

이오? 형님 덕에 먹기나 합시다.

신마마가 첩첩이구로 감칠 입맛이 썩 나게 꿀을 어떻게 담아 부었던지, 열 번 찍어 아니 넘어지는 나무가 없는 모양으로, 강릉집의 귀가 점점 기울어져서 하던 구경을 못다 하고 신마마 가자는 데로 따라갔는데, 그 집은 어떠한 사람의 집이던지 장황히 말할 것 없이, 방 안도 정결히 꾸몄거니와 말이 입에서 뚝 떨어지기가 무섭게 거행을 줄줄 흐르게 썩 매우 잘하더라. 이시종은 이렇게 앉고 강릉집은 저렇게 앉고 신마마는 그 옆에 가 앉아서, 이 말은 저리 옮기고 저 말은 이리 옮기며 너털웃음을 연해 하여 두 사람의 인연을 송편 반죽하듯 한다.

이시종이 극장으로 꾀어낸 강릉집을 유혹하는 장면에서 등장하는 것이 커피다. 이시종은 극장에서 손님을 안내하는 '뽀이'를 시켜 강릉집에게 '가비차'를 보낸다. 여기 나오는 '가비차'가 바로 커피다. 커피의 유혹! 난생처음으로 연흥사를 찾은 강릉집은 낯선 사내 이시종이 베푸는 호의를 못 이기는 척 받아들인다. 그녀는 따뜻한 '가비차'의 쌉쌀한 맛에 담긴 음탕한 유혹을 뿌리치지 못한다. 게다가 '금구지 궐련'과 '서양과자'까지 모두 처음 보는 기호품들이다.

강릉집은 바깥주인 박참령의 눈을 피해 외간 남자 이시종과 비밀스런 데이트를 즐긴다. 이시종과 강릉집의 불륜이 어떤 식의 이야기로 끝날지는 쉽게 상상이 가능하다. 강릉집은 늙은 박참령의 시중만 들다가 천하의 한량 이시종을 만나면서 자기 내면에 깊숙이 감춰졌던 육체의 욕망을 처음으로 알아차린다. 그리고 이시종과 점차 더 가까워지면서 자신의 앞에 닥쳐올 거대한 비극적 파탄을 눈치채지 못한다. 요새 유행하는 막장 드라마의 결말은 이미 《산천초목》에서 그대로 드러난다. 강릉집은 이시종에게 빠져들며 박참령에게는 소홀하게 되고 마음속의 거리를 두게 되지만, 첩실로 들어서면서부터 친정의 가난한 가족들을 경제적으로 지원해온 박참령의 배려를 차마 그대로 짓밟지는 못한다. 이럴 때 이시종은 강릉집의 내면을 그대로 읽어내고 자신이 저지른 불장난으로부터 도망칠 궁리를 찾게 된다. 바람둥이의 행실이라는 것이 뻔하다. 이 같은 불륜의 드라마를 두고 사랑과 배신을 논한다는 것은 난센스다. 그러므로 이 소설의 이야기는 이미 향이 날아가고 맛이 달아난 커피처럼 떫고 쓰디써서 그 뒷맛의 여운도 없다.

*

《산천초목》의 연희 공간에 등장하는 커피 한잔의 유혹은 개화 조선의 세태 풍속을 뒤집는 하나의 충격으로 자리 잡는다. 당시의 독자들은 이 소설에 등장하는 '가비차'의 맛을 어떻게 상상했을까? 쌉쌀하면서도 구수한, 달콤하면서 시큼한 커피의 맛을 과연 알아챌 수 있었을까? 맛이란 입에 담아보지 않고는 상상되지 않는 법. 맛의 감각은 체험으로 인식된 후 머릿속에 기억된다. 그러므로 '가비차'는 그것을 맛보지 못한 사람들에게는 그저 신비로운 어떤 맛과 향취로 상상되었던 것은 아닐까? '가비차'라는 신기한 박래품이 이런 방식으로 한국인의 일상에 자리 잡게 된다는 것이 흥미로울 뿐이다. 입에 익지 않은 것이니 어찌 그 맛을 제대로 알랴?

#커피의 작은 역사

《브리태니커 백과사전》에 기술된 커피의 역사에 대한 내용이 매우 흥미롭다. 커피나무는 아프리카가 원산지인 키 작은 열대성 상록수다. 이 나무에 달리는 커피 열매가 지구상의 인구 중 3분의 1 이상이 마시는 커피라는 음료의 재료가 된다. 사람들이 커피를 즐기는 이유는 커피에 많이 포함된 카페인 성분의 각성 효과 때문이다. 실제로 커피가 처음 발견된 것도 이와 연관되어 있다.

커피나무의 원산지는 에티오피아 케파Keffa로 알려져 있다. 커피는 AD 850년 무렵 아랍인 칼디Kaldi라는 염소지기에 의해 처음 발견되었다고 한다. 물론 기록마다 그 시기와 장소가 좀 다르기는 하지만 다음과 같은 이야기는 비슷하다.

칼디는 자기가 키우는 염소들이 키 작은 상록수에 열려 있는 빨간 열매를 먹고 흥분하여 뛰어다니는 광경을 목격한다. 이런 광경을 보고 이상하게 여긴 그는 직접 이 열매를 따서 먹어본다. 그런데 뜻밖에도 머리가 맑아지고 기분이 상쾌해지는 느낌을 받은 것이다. 그는 이 사실을 이슬람 사원의 수도승에게 알린다. 수도승들이 이 말을 듣고 그 열매를 따 먹어보니 기분이 좋아지고 졸음이 사라진다. 이런 이유로 커피는 수도 생활에 도움을 주는 신비의 열매로 알려지면서 여러 사원으로 퍼져나간다. 그리고 일반 대중에게도 널리 확산되기 시작한다.

에티오피아의 농부들은 자생하는 커피 열매를 끓여서 죽이나 약으로 먹기 시작했다. 이런 방식은 이집트는 물론 아라비아 반도를 거쳐 시리아, 터키 등지로 전파되었다. 이곳에서는 대개 커피 열매를 직접 물에 넣고 끓여서 그 물을 마셨다. 또한 커피 열매에서 짜낸 즙을 발효시켜 카와kawa라는 알코올 음료를 만들기도 했다. 이 음료는 13세기 이전까지는 성직자만 마실 수 있었으나, 일반 대중들도 점차 이를 즐길 수 있게 되었다. 커피의 효능이 알려지고 커피를 여러 가지 방식으로 즐길 수 있게 되자, 커피는 이슬람의 강력한 종교적 보호를 받았다. 아라비아 지역에만 한정해서 커피가 재배되고, 다른 지역으로 커피의 종자가 나가지 못하도록 엄격히 관리되었다.

커피가 유럽인들에게 알려진 것은 십자군 전쟁 때문이었다. 12~13세기에 걸쳐 십자군 전쟁이 발발하면서 이슬람 지역을 침입해온 십자군도 아랍인들이 즐기는 커피를 처음 맛보게 된다. 기독교 문화권인 유럽인들은 초기에는 커피를 이교도의 음료라 하여 배척했다. 그러나 커피의 효능이 알려지면서 밀무역을 통해 커피를 이탈리아로 들여왔다. 일부 귀족들과 상인들을 중심으로 커피가 유행처럼 번져나가기 시작했고 교황도 이를 공인하게 되었다. 커피의 수요가 유럽 지역으로 확대되자 아라비아의 상인들은 이를 독점하기 위해 대대적으로 커피를 재배하기 시작했으며, 커피의 수출항을 모카Mocha로 한정하고 다른 지역으로의 반출을 엄격하게 제한했다.

그러나 커피의 밀반출이 여기저기 이루어지면서 16세기부터는 인도에서도 커피를 직접 재배하기 시작했다. 17세기 말에는 네덜란드가 인도에서 커피 묘목을 구하여 자신들의 식민지에서 재배하기 시작하면서 커피 판매를 유럽 전역으로 확대했다. 원래 커피는 주로 남부 아라비아의 예멘 지역에서 많이 생산되었지만, 재배 지역이 한정되어 있는 데다가 그 수요에 비해 생산량이 터무니없이 부족했다. 그래서 유럽의 강대국

들은 인도와 인도네시아 등 아시아 국가들을 식민지로 삼고 커피를 대량 재배하게 만들었다. 에티오피아에서 시작된 커피는 아라비아반도를 거쳐 인도로 건너갔고, 서인도제도와 중앙아메리카, 아프리카의 케냐, 탄자니아 등으로 그 재배 지역이 확대되었다. 그리고 18세기 초에는 브라질에서도 대대적인 커피 재배가 시작되었으며, 1825년에는 하와이에도 커피 농장이 들어섰다. 이런 방식으로 커피의 중요 생산지는 적도를 중심으로 남북 15도의 북회귀선과 남회귀선 사이에 널리 분포하게 된 것이다.

*

브라질은 세계 1위 커피 생산국이다. 전 세계 커피 생산량의 3분의 1 이상이 브라질에서 생산된다. 그러나 믿기지 않는 사실이 하나 있다. 1700년대 초반만 해도 브라질에는 커피가 생산되지 않았다는 것이다. 커피나무가 자생하지도 않았고 커피를 재배할 수 있는 방법도 없었다. 당시 프랑스는 남아메리카의 기아나와 마르티니크를 식민지로 삼으면서 커피를 재배하여 큰 재미를 보고 있었다. 그래서 커피 묘목이 외지로 유출되지 않도록 엄격하게 감시했다.

이때 브라질은 뜻밖의 기회를 얻는다. 대서양 연안의 기아나는 일찍이 스페인이 지배했고, 그 뒤로 네덜란드령 기아나와 프랑스령 기아나로 나뉘었다. 그런데 1727년 네덜란드와 프랑스 사이에 기아나의 영유권을 두고 국경 분쟁이 일어나자, 두 나라가 브라질을 국경 분쟁의 중재자로 내세운 것이다. 그리고 이 분쟁의 중재 과정에서 브라질이 커피를 얻을 수 있었다. 전해오는 이야기로는, 마치 고려시대 문익점이 원나라에서 목화씨를 숨겨 들여왔다는 일화처럼 흥미롭다. 브라질의 육군 장교가 기아나 국경 분쟁의 중재 임무를 띠고 기나아로 파견되었던 모양이다. 그는 총독과 그 부인의 호감을 사서 분쟁을 원만하게 수

습하고 귀국한다. 이때 총독의 부인이 장교에게 준 이별의 꽃다발 속에 커피나무가 숨겨져 있었다는 것이다. 그는 자신이 숨겨 들여온 커피나무를 브라질 땅에 심는다. 기후와 토질이 기아나와 비슷했던지 커피나무는 새로운 땅에 잘 적응하여 자라난다. 그 후 40년쯤 지나 브라질에서 경작 수확한 커피는 처음 포르투갈로 수출되기에 이른다.

커피가 돈이 되자 브라질 각지에 거대한 커피 농장이 들어선다. '파젠다fazenda'라고 하는 커피 농장에서는 되도록 값싼 노동력으로 커피를 생산했고 유럽으로 수출하여 막대한 이득을 남겼다. 대리석의 웅장한 외양과 고급 목재로 마감된 커피 농장주의 호사스런 저택은 '카사 그란데casa grande'라고 불리는데, 지금도 여기저기 남아 있다. 커피 농장을 개간하고 질 좋은 커피를 경작하여 수확하는 일은 많은 노동력이 필요했기에, 농장주들은 아프리카에서 들여온 흑인 노예를 부릴 수밖에 없었다. 1888년 브라질에서 노예제도가 폐지될 때까지 커피 농장은 노예들의 노동으로 운영되었다. 지금도 커피 농장의 고된 노동은 가난한 농민들의 몫이다.

*

세계 제일의 커피 소비국인 미국에서 커피가 널리 유행하게 된 과정을 보면, 커피의 상권을 둘러싼 국제적 갈등과 거래의 내막이 흥미롭다. 당시 중남미 지역에서 커피 농장을 대규모로 운영하고 있던 나라들은 모두 스페인의 강한 지배력의 영향을 받고 있었다. 영국은 스페인과 오랜 기간 적대관계를 유지하고 있었기 때문에 자국은 물론 미국 식민지에도 커피 수입을 강력하게 금지했다. 결국 영국의 중상주의 정책에 따라 미국에서도 가까운 중남미에서 생산되는 질 좋고 풍미가 있는 커피를 수입할 수가 없었다. 그러므로 미국인들은 네덜란드 밀수꾼들로부터 인도네시아산 커피를 구해다가 먹을 수밖에 없었다.

물론 영국이 시행했던 커피에 대한 강력한 수입 제재 정책은 스페인과의 국제적인 무역 관계의 갈등에 따른 것만은 아니었다. 사실은 전통적인 음료인 홍차와 새로운 기호품인 커피의 대결도 만만치 않았다. 영국의 커피 수입 금지 정책은 영국 정치권에 막대한 영향력을 행사하던 동인도회사라는 막강한 재력의 로비가 작용하고 있었다. 동인도회사는 당시 중국과 교역하며 홍차를 전 세계로 판매하면서 엄청난 부를 축적한 기업이었다. 동인도회사는 유럽인들의 최고 기호품 중 하나가 된 홍차의 판매를 독점하고 있었기에, 점차 대중적 음료로 각광받게 된 커피의 유입을 막아내기 위해 정치권에 압력을 넣었다. 미국 독립

전쟁의 빌미가 된 사건으로 유명한 보스턴차사건(1773)은 홍차에 대한 동인도회사의 독점적 지위와 그 횡포에서 비롯된 것이었다. 미국인들은 독립전쟁 후부터 카리브해 국가들에서 대량으로 생산되는 품질 좋은 커피를 들여와 마음껏 즐길 수 있게 되었다.

#커피의 노래

커피를 어찌 맛과 향으로만 말할 수 있겠는가?

커피를 제대로 즐기려면 그윽한 분위기가 더해져야 한다. 이건 내 주장이 아니라 돌아가신 K교수님의 지론이다. K교수님은 아무 다방에 들어가서 커피를 마시는 걸 경멸했다. 혜화당 로터리에 있던 작은 다방이 K교수님의 단골 커피집이었는데, 신촌이나 광화문에서 만났을 때도 일부러 택시를 불러 혜화동으로 가곤 했다. 혜화동의 작은 다방에서 커피 잔을 들고 멋도 모르면서 K교수님의 설명에 따라 처음 들었던 것이 바흐의 〈커피 칸타타〉다. 그게 벌써 50년 전의 일이니, K교수님이 강조하신 분위기의 커피가 지금 생각해도 놀랍다.

*

커피의 노래.

나는〈커피 칸타타〉를 그렇게 부른다. 지금도 커피의 분위기를 따지는 사람에게는 커피 잔을 들고〈커피 칸타타〉를 들어보라고 권하고 싶다. 신이 내린 목소리를 가진 소프라노 조수미가 부른 아리아를 통해〈커피 칸타타〉를 즐길 수 있다면 다른 설명이 필요하지 않다. 조수미의〈커피 칸타타〉는 가슴 깊이 울리는 목소리도 매력적이지만, 노래 가사에서 전달하고 있는 이야기도 유머가 넘쳐 자못 흥겹다.

"오! 이 커피, 얼마나 달콤한지. 천 번의 키스보다 더 감미롭고 백포도주보다 더 부드럽네! 커피, 나는 커피를 마셔야 해. 누가 나를 즐겁게 해주고 싶다면, 내게 커피를 따르도록 해요!"

바흐가〈커피 칸타타〉를 작곡하여 발표한 것은 1732년이다. 원래 이 작품의 제목은〈가만히 입 다물고 말하지 말아요Schweigt stille, plaudert nicht〉이지만〈커피 칸타타〉로 더 많이 알려졌다. 바흐가〈커피 칸타타〉를 발표했을 때는 남성 가수가 이 아리아를 불렀다. 그 무렵 독일에서 여성이 커피하우스에 출입하는 것을 금지하고 있었다는 것이다.

바흐가 이 곡을 쓰게 된 배경 자체도 커피와 얽혀 있다. 바흐가 살았던 18세기에는 독일 라이프치히 지방에도 커피를 마시는 것이 널리 유행하고 있었다. 커피가 대중적인 기호품으로 크게 인기를 끌게 되자 커피를 즐기는 커피하우스도 여기저기 생겨났다. 사람들은 커피하우스에서 만나 커피를 마시면서 담소를 나눴다. 커피하우스 안에서는 크고 작은 음악 공연도 이루어졌다. 바흐의 〈커피 칸타타〉는 커피하우스 안에서 이루어지는 작은 공연을 위해 작곡된 것이었다.

클래식 음악에 조금이라도 관심이 있는 사람이면 다 아는 이야기지만, '칸타타'는 기악곡의 소나타처럼 가수가 무대에 등장하여 직접 노래 부르는 것이 특징이다. 관현악 반주가 있고 길이가 길지는 않지만 레치타티보(주인공이 처한 상황, 스토리 전개를 설명하는 서창敍唱)와 아리아로 구성되어 있어서 작은 오페라라고도 한다. 물론 칸타타에서는 가수가 노래만 부를 뿐 오페라처럼 연기를 하지는 않는다. 원래 칸타타라는 음악은 종교적인 의식과 내용을 담은 것이 많은데, '커피 칸타타'처럼 세속적인 생활을 소재로 한 것도 적지 않다.

*

바흐의 〈커피 칸타타〉속으로 들어가보자. 이 칸타타는 기호품인 커피를 소재로 해서 아버지와 딸의 갈등을 유머러스하게 그려낸다. 내용은 이렇다. 딸은 커피 없이 못 살 정도로 커피를 좋아한다. 커피를 너무 많이 마시는 딸의 건강을 걱정한 아버지가, 몸에 해로우니 제발 커피 좀 끊으라고 날마다 잔소리를 한다. 하지만 딸은 아버지의 훈계를 전혀 들을 생각도 하지 않는다.

〈커피 칸타타〉는 다음과 같이 서창이 이루어진다.

"조용해요. 떠들지 말고, 여기 좀 보세요. 여기 헤르 슐렌드리안이 딸 아이 리첸과 같이 있군요. 그는 곰처럼 으르렁대고 있어요. 딸이 아버지에게 한 일을 좀 들어보세요!"

서창이 이런 식으로 끝나면 아버지 슐렌드리안이 먼저 노래한다.

"자식이란 애물단지. 끝도 없이 말썽만 피우고 문제를 일으키죠. 제가 매일같이 내 딸 리첸에게 말하는 것은 아무 소용이 없군요."

그러고는 이렇게 말한다.

"이 못된 것. 이 말썽꾸러기. 아, 언제나 내 말을 들을래? 제발 커피 좀 끊어!"

아버지의 잔소리가 끝나면 드디어 딸 리첸이 무대에 등장하면서 아버지에게 대꾸한다.

"아버지, 그렇게 잔인한 말씀은 하지도 마셔요! 만약 제가 하루에 세 번 커피를 마시지 못하게 되면, 저는 구운 염소 고기처럼 고통 속에서 쪼그라질 거예요."

리첸은 아버지에게 이렇게 말하고는 다음과 같이 노래한다. 〈커피 칸타타〉의 아리아 가운데 가장 감미롭게 노래가 이어지는 부분이다.

"오! 이 커피, 얼마나 달콤한지. 천 번의 키스보다 더 감미롭고 백포도주보다 더 부드럽네! 커피, 나는 커피를 마셔야 해. 누가 나를 즐겁게 해주고 싶다면, 내게 커피를 따르도록 해요!"

아버지는 딸에게 커피를 끊으라고 윽박지른다. 커피를 끊지 않겠다면 집 밖으로 내보내지도 않겠다고 야단이다.

아버지: 네가 만약 커피를 끊지 않겠다면 나는 너를 시집보내지 도 않을 거고, 집 밖에 내보내지도 않을 거야. 오! 언제야 내 말을 들을 거니? 커피를 끊어!

딸: 오, 좋아요! 커피만 주신다면요!

아버지: 이 말괄량이야. 유행하는 고래수염 치마*도 못 입게 하 겠다.

딸: 저는 그런 것은 참을 수 있어요.

아버지: 창가에 서서 사람들을 구경하는 것도 못 하게 할 거야.

딸: 그것도 괜찮아요. 하지만 제발 커피만은 마시게 해주세요.

아버지: 게다가 네 모자의 금 리본, 은 리본도 다 압수당할 거야.

딸: 좋아요, 좋아요! 제 기쁨만은 빼앗아가지 마세요.

아버지: 이렇게 말해도 안 듣는 리첸, 결국 포기하지 않겠다는 것이 구나!

---

* 고래수염 치마whalebone skirt : 당시 서양에서 유행하던 여성의 긴 스커트인데, 고 래수염으로 틀을 만들어 속에 넣어서 치마의 깃을 세우거나 둥글게 부풀어 오르게 했다.

딸은 막무가내로 아버지를 거역하며 커피를 마시겠다고 고집을 부린다. 아버지는 유행하는 고래수염 치마도 입지 못하게 하고, 창가에 서서 사람들을 구경하는 것도 금지하겠다고 딸에게 엄포를 놓는다. 그리고 커피를 끊지 않는다면 모자의 금은으로 된 리본도 다 압수하겠다고 한다. 하지만 딸은 요지부동이다. 그런 것은 다 참을 수 있단다. 그러나 커피만은 제발 마시게 해달라며 오히려 아버지에게 자기 기쁨을 빼앗아가지 말라고 애원한다.

그다음 이야기는 이렇다. 딸의 고집에 화가 난 아버지가 커피를 끊지 않으면 정말로 시집을 안 보내겠다고 협박한다. 아버지는 정색하면서 시집 못 간다는 말을 다시 한번 힘주어 말한다. 딸은 아버지의 말씀이 예사롭지 않음을 눈치챈다. 그러고는 앞으로 커피를 마시지 않겠다고 약속한다. 딸의 약속을 받아내고서야 아버지가 밖으로 나간다.

그런데 아버지가 나가자마자 딸은 혼자서 오히려 의기양양이다. 자기와 결혼할 사람은 누구든지 자기에게 커피를 마시게 한다는 약속을 결혼 서약서에 몰래 써넣어야 구혼에 성공할 것이라면서.

〈커피 칸타타〉는 이렇게 유머러스하게 끝이 난다. 커피에 얽힌 짤막한 에피소드를 통해 커피의 마력을 그대로 아름다운 선율에 담아내고 있다. 우리는 커피를 향기와 맛으로 마신다. 하지만 커피의 향미는 감미로운 음악 속에서 더 그윽하게 느껴진다. 분위기와 함께 소리까지 더하여 커피를 맛보고 싶다면 〈커피 칸타타〉의 아리아를 놓치면 안 된다.

#쌉쌀한 그 맛, 커피의 맛

나는 커피를 맛으로 즐긴다.

따뜻한 커피 잔을 입에 대는 순간 혀끝으로 느껴지는 그 맛을 무어라고 표현하기 어렵다. 쌉쌀하면서도 달콤하고, 산뜻하면서도 새콤하고, 구수하면서도 깔끔한 그 맛. 그 맛 때문에 나는 아침마다 집에서 직접 커피를 내린다. 잠자리에서 일어나면, 제일 먼저 양치질을 하고 세수를 한 후 언제나 커피메이커를 챙긴다. 커피 원두를 핸드밀에 넣고는 천천히 핸들을 돌린다. 원두 갈리는 소리와 함께 손으로 그 느낌이 전해진다. 그리고 코끝을 스치는 커피의 향미가 마음을 들뜨게 한다. 참으로 기분 좋은 순간이다. 작은 행복감을 혼자서 맛볼 수 있다.

커피메이커에서 커피가 진하게 커피포트 안으로 떨어져 내려오기 시작하면 집 안이 온통 커피숍처럼 소란스러워진다. 물 끓는 소리, 커피포트에 작은 물줄기로 커피 내리는 소리가 뒤섞이는 동안 커피 향이 거실 안에 가득 번진다. 나는 심호흡을 한다. 내 아내는 그 커피 향에 잠이 깬다고 말한다. 나는 그 말이 싫지 않다. 하지만 나는 커피의 향기보다 그 맛이 더 좋다. 따끈한 커피 잔을 입에 대는 순간 입술과 혀끝에 전해오는 감촉과 그 오묘한 맛을 어떻게 표현할 수 있을까? 쌉쌀하면서도 달콤하고, 산뜻하면서도 새콤하고, 구수하면서도 깔끔한 그 맛.

＊

그 쌉쌀한 맛.

진한 갈색 가루를 혀끝에 대었을 때 느껴지는 미묘한 맛.

은박지로 덧댄 작은 카키색 봉지에서 그 갈색의 가루를 덜어내는 순간에 풍겼던 그 특이한 향기.

나는 그 쌉쌀한 맛과 향으로 커피와 처음 만났다. 그리고 그 맛과 향을 잊을 수가 없다.

중학생 시절이다. 벌써 60년이 다 되어간다. 그때 나는 20리 길을 걸어서 학교에 다녔다. 중학교가 있는 이웃 마을까지 나가는 큰길은 자갈밭이었다. 어쩌다가 소금 실은 트럭이 먼지를 날리면서 덜컹거리며 지나갈 뿐이었다. 그 길을 참으로 열심히 걸어 다녔다. 그러다 보니 운동화가 견디지 못하고 한 달이 지나면 바닥이 해어져 더 이상 신을 수가 없었다.

그런데 자갈이 깔린 한길을 걸어 다니는 우리 조무래기 중학생들에게 가끔 큰 횡재가 있기도 했다. 인근 해안에 주둔하고 있는 미군 부대에 필요한 물자를 실어 나르던 미군 트럭 덕분이었다. 트럭을 타고 있던 미군 병사들이 손 흔드는 우리에게 먹다 남은 통조림이나 비스킷 등을 던져주었다. 우리가 큰 소리로 "헬로!" 하고 인사하면, 가끔 미군 트럭에서 커다란 박스가 날아오기도 했다. 씨레이션 박스라고 하는 군용 식품 상자였다. 우리는 그것을 '레이숑 빡스'라고 불렀다. 우리는 상자 안에 들어 있는 모든 것을 신기해했다. 상자 안에는 미제 통조림 깡통, 비스킷, 초콜릿, 작은 설탕 봉지, 가루우유 봉지, 껌, 휴지 등이 가득 들어 있었다. 참으로 큰 횡재였다. 우리는 그 상자를 들고 산모퉁이에 옹기종기 모여 앉아 큰 잔치를 벌였다.

그런데 먹을 것들 가운데 우리가 전혀 알 수 없는 것이 하나 있었다. 겉에 아무런 글씨도 쓰여 있지 않은 짙은 카키색의 작은 봉지. 그 봉지 안에서 나온 것은 진한 갈색의 가루였다. 처음에는 모두가 초콜릿 가루라고 생각했다. 그래서 조금이라도 맛보려고 서로 다투기도 했지만 금방 퉤퉤 하며 뱉어냈다. 초콜릿이 아니었다. 쓴맛이 돌면서 약간 떫기도 하고 신맛이 혀끝에 남았다. 우리 중에 누구도 그 맛의 정체를 알아내지 못했다. 장난이 심했던 동무들은 내 입에 그 갈색 가루를 억지로 털어 넣고는 손뼉을 치면서 좋아했는데, 나는 다른 애들처럼 그것을 뱉어내지는 않았다. 그 가루가 입안에서 녹으면 처음에는 몹시 쓰고 떫고 신맛이 역겹게 느껴졌는데, 신기하게도 나중에는 입안에 단침이 돌고 오히려 개운한 느낌이 들었기 때문이다. 무어라고 말하기 어려운 그 오묘한 맛이 나는 싫지 않았다.

*

내가 그 맛의 정체를 알아차린 것은 나이 스물이 되었을 때다. 미군 병사들이 던져준 야전용 식품 상자에서 나온 카키색 봉지에 든 진한 갈색 가루는, 바로 인스턴트 커피였다.

대학 입학시험을 치르기 위해 혼자 서울에 올라왔을 때, 나는 시험이 끝나고 친구를 따라 다방이라는 곳을 처음 들어가게 되었다. 다방 레지 아가씨가 탁자 위에 내려놓은 커피 잔을 입에 대는 순간, 나는 까마득하게 잊고 있었던 그 맛을 떠올렸다. 중학교 시절, 동무들이 내 입에 억지로 털어 넣었던 진한 갈색 가루의 오묘한 맛이 바로 커피의 맛이었다. '아하' 하고 나는 속으로 감탄했다.

맛에 대한 감각은 참으로 오랫동안 변하지 않는다. 나이 스물이 되어서야 제대로 알아차린 커피 맛이지만, 나는 어린 시절에 처음 느꼈던 그 쌉쌀한 맛의 감각을 잊을 수가 없다. 가끔 커피 잔을 들었을 때 나는 이런 생각 때문에 혼자서 속으로 즐겁다.

#루왁 커피

인도네시아 출장에서 돌아온 아들 녀석이 가방을 풀면서 포장된 작은 상자 하나를 내밀었다. "아버지가 좋아하실 것 같아서요"라고 하는 말이 싫지 않았다. 나는 앞뒤가 잘린 아들의 말뜻이 궁금했다.

"뭐냐?"

내가 상자를 받아 들면서 물었다. 그러자 "이거, 인도네시아 공항 면세점에 들렀다가 샀어요. 한번 풀어보세요" 한다. 아들이 출장길에 아비를 위한 선물을 사왔다는 것이다. 나는 "뭘 내 것까지 샀어?" 하고 포장을 뜯었다. 단단하게 포장된 작은 상자의 겉에 'KOPI LUWAK'이라는 글자가 박혀 있었다. 나는 단박에 이것이 그 유명한 루왁 커피라는 것을 알았다.

*

    내가 루왁 커피를 처음 맛본 것은 일본 도쿄에서였다. 벌써 십수 년이 지났다. 도쿄 긴자 거리를 돌아다니다가 뒷골목에 자리 잡고 있는 고급스런 커피숍에 들른 적이 있었다. 종업원이 내보이는 차림표의 비싼 커피 가격에 깜짝 놀랐다. 나는 종업원에게 커피를 주문하는 대신, 이 커피는 왜 이렇게 가격이 비싸냐고 물었다. 그랬더니 그녀가 조리대 안에 서 있던 바리스타를 데려왔다. 그 바리스타가 내게 설명했던 커피가 바로 코피 루왁이다.

    내가 바리스타의 모든 말을 제대로 알아들었던 건 아니다. 그러나 루왁 커피가 세계에서 가장 귀한 커피라는 사실은 책에서 읽었던 적이 있었다. 바리스타는 아주 차근차근 커피에 대해 이야기하더니, 다른 끽다점에서는 결코 맛볼 수 없는 것이라면서 원두를 직접 보여주기까지 했다. 나는 겉으로는 별로 다를 바 없는 원두를 보면서 고개를 끄덕였다. 그가 내 손바닥에 올려놓은 커피 콩 몇 알을 코에 대고 냄새를 맡았다. 루왁 커피라는 것에 대한 호기심보다는 내 표정을 살피는 바리스타의 성의를 그대로 물리치기 어려웠다.

    나는 큰마음을 먹고 그 비싼 커피를 한잔 주문했다. 한참 뒤에 바리스타가 직접 커피를 들고 왔다. 나는 커피 잔을 입가에 대었다. 커피 잔이 입술에 닿는 순간 깊고 부드럽게 커피향이 먼저 스쳤다. 아직까지도 혀끝에 그 향기가 느껴지는 듯하다. 그때 나의 첫 느낌은 보통의 커피가 가진 쓴맛이 좀 덜하다는 것이었다. 그런데 아주 부드럽게 단맛, 쓴맛, 신맛이 교묘하게 서로 섞인 그런 순한 맛이 입안에 가득 퍼졌다. '아, 이렇게 부드럽고 순하구나' 하면서 나는 커피 잔을 탁자에 내려놓았다.

맛이 은근하게 순하다고 느꼈다. 바리스타가 설명한 환상적인 맛이라는 것이 이런 느낌일지도 모른다. 내 곁에서 지켜보고 있는 그를 위해 나는 엄지손가락을 치켜세웠다. 루왁 커피 한 모금이 식도를 타고 흘러들어간 뒤에야 입안 가득 그 향취가 느껴졌다. 은근하기가 무어라 설명하기엔 어렵다. 그리고 참으로 부드럽다. 마신 뒤에도 입안에 남은 향미가 개운하다. 하지만 프렌치 로스트의 에스프레소를 즐기는 사람이라면 이 비싼 커피에 흥미를 느낄 수 없을 것 같다. 너무 순하여 밋밋하다고 말할지도 모른다.

나는 대학가 근처의 커피숍에서 마시던 커피를 생각했다. 사실 둘 사이에 어떤 점이 차이가 있다고 해야 하는지 잘 몰랐다.

'그런 싸구려 커피를 코피 루왁에 견준다는 것은 루왁 커피에 대한 모독이겠지.'

단지 나는 그런 생각을 하면서 커피숍을 나왔다. 그리고 내가 쓸데없이 객기를 부려 호사스런 짓을 한 것은 아닌지 생각했다. 솔직히 말하면, 루왁 커피의 맛이 좀 싱거웠다. 그때 나는 커피 한잔을 무려 테이크아웃 커피 스무 잔이 넘는 값을 치르고 집으로 돌아왔다. 돈이 아까웠지만, 그래도 그 귀한 루왁 커피라는 것을 맛보았다는 것에 방점을 찍었다. 다시 어디서 그 비싼 루왁 커피를 마실 기회가 있으랴. 그렇게 속을 달랬다.

*

루왁 커피에 대해서는 《브리태니커 백과사전》에도 자세히 설명되어 있다. '루왁'이라는 말은 커피의 품종 자체를 명명하는 말이 아니다. 인도네시아 화산섬의 고산지대에 살고 있는 '사향고양이'가 바로 루왁이다. 이 야생의 고양이는 산야에서 저절로 자라는 커피나무 열매를 먹고 살아간다. 빨갛게 익은 커피 열매를 따 먹는 것이다. 커피 열매는 겉 부분이 두꺼운 과육으로 둘러싸여 있다. 서양 사람들은 이것을 체리라고 부른다. 이 체리 속에 단단한 커피콩이 들어 있다. 그리고 체리의 달콤쌉쌀하고 새콤한 맛을 사향고양이가 좋아한다는 것이다. 그런데 문제는 커피 열매가 사향고양이의 뱃속으로 들어간 뒤의 일이다. 커피 열매가 사향고양이의 뱃속에서 소화되면서 겉 부분의 과육은 없어지고 단단한 커피콩은 그대로 배설되는 것이다. 말하자면 사향고양이의 뱃속을 통과하면서 겉껍데기가 벗겨져 나오는 셈이다. 커피 농장에서는 커피를 수확한 후 일부러 이 겉 부분을 제거한다. 체리가 커피콩과 저절로 분리되도록 커피 열매를 통째로 말리거나 아예 물속에 담가놓은 뒤 체리를 벗겨내기도 한다. 이런 작업이 끝나면 커피콩만 남게 되는데, 이것을 건조시켜 놓은 것이 원두다.

인도네시아의 사향고양이는 고산지대에서 무리를 지어 살아간다. 그런데 이 녀석들은 일정한 장소를 정해놓고 배설하는 특이한 습성을 갖고 있다. 사향고양이 무리가 살고 있는 지역을 조사해보면 이 녀석들이 정해놓은 배설 장소를 발견할 수 있는데, 사향고양이의 뱃속에서 나온 커피콩이 뽀얗게 한자리에 쌓여 있다는 것이다. 바로 이것을 수거하여 가공한 것이 코피 루왁이다.

코피 루왁은 세계에서 가장 비싼 커피로 손꼽힌다. 사향고양이의 배설물을 수거한 것이니 그 수량이 한정될 수밖에 없고, 따라서 값이 비싸지는 것은 당연하다. 근래에는 사향고양이를 집단 사육하면서 사료로 커피 열매를 먹이고, 그 배설물을 더 많이 손쉽게 받아낼 수 있는 농장도 생겼다. 참으로 재미있는 이야기다. 그런데 이 코피 루왁의 90퍼센트 이상이 사실은 일본에서 소비된다고 한다. 일본인들 가운데 코피 루왁의 깊고 부드러운 맛을 좋아하는 마니아들이 있다는 것이다.

*

사향고양이의 똥으로 나온 커피 원두를 생각하면서, 나는 문득 개똥참외를 떠올렸다. 개똥참외는 참외의 종류를 가리키는 말이 아니다. 길가나 들판에서 열린 참외를 일컫는다. 사람들이 심어서 가꾸지 않았는데도 저절로 싹을 틔우고 꽃을 피우고 열매를 맺는다. 볼품도 없고 맛이 없어서 개똥참외라고 이름을 붙인 것이 아닌가 생각된다. 그런데 이 개똥참외가 간에 좋을 뿐 아니라 긴요한 한약재로 쓰인다고 한다. 물론 이 부분에 대해선 정확하게 알지 못한다.

다만 내가 어렸을 때 할머니를 따라 들판에 나갔다가 우연히 발견한 것이 있는데, 그게 바로 개똥참외였다. 밭 가장자리에 참외 넝쿨이 자라나 제법 튼실하게 참외 두어 개가 열렸다. 나는 뜻밖의 횡재에 소리를 질렀다.

"할머니, 참외!"

할머니가 손을 내저으며 말했다.

"아서라. 그거 못 먹는다. 개똥참외다."

나는 제법 노란 빛이 돌기 시작한 참외에 손도 대지 않았다. 나의 아쉬워하는 표정을 알아차리신 할머니는 내게 뜻밖의 이야기를 들려주셨다. 참외를 먹을 때 그 씨앗까지 삼키면 씨앗이 그대로 대변으로 나온다는 것이다. 나도 그 말씀에는 동의했다. 다만, 문제는 그다음 이야기다. 대변에 섞여 나온 참외 씨가 거름통으로 들어갔다가 들판에 뿌려지고, 그러면 거기서 씨앗이 발아하여 덩굴이 자라 조그맣게 참외를 맺는다는 것이다. 그러면서 수박도 개똥수박이 있다고 하셨다. 어느새 입안에서 참외 맛이 싹 사라진다.

개똥참외의 맛이 실제로 쓴지 어떤지 나는 모른다. 먹어본 적이 없으니까. 그러나 참외를 먹을 때마다 이 개똥참외 생각이 난다. 통째로 삼킨 참외 씨가 나중에 그대로 대변에 묻어 나와 어디서 싹을 틔우고 또 열매를 맺을지 모른다는 생각도 해본다. 물론 할머니가 들려주신 이 개똥참외에 관한 통설을 내가 실제로 확인한 적은 없다. 하지만 참외를 먹고 씨를 쓰레기로 버리면, 그중에 어떤 씨앗은 길가나 들판에서 싹을 틔우고 자라날 수도 있다. 그런 가능성은 얼마든지 있을 수 있는 일이다. 꼭 사람의 대변을 통해 나온 것이어야 할 이유는 없지 않은가? 들판이나 길가에서 아무도 가꾸지 않았는데도 씨가 싹을 틔워 마침내 열매까지 맺은 것은 모두 개똥참외이니까, 그 야생의 위력은 인정할 수밖에 없다.

*

나는 루왁이라는 사향고양이를 본 적도 없다. 그런데 아들이 사다 준 코피 루왁을 앞에 놓고 자연스럽게 개똥참외가 연상되는 것을 어찌할 수가 없다. 그러나 루왁 커피의 그윽한 향미를 어찌 개똥참외에 비교할 수 있겠는가? 나는 아들이 사온 코피 루왁을 보면서 그것에 관한 이야기를 들려주었다. 그리고 어린 시절에 보았던 개똥참외 이야기도.

그러자 아들 녀석이 물었다.

"정말로 변에 섞여 나온 참외 씨가 발아할 수 있을까요?"

나는 대답 대신에 모처럼 커피숍의 바리스타가 되어 핸드 드립 방식으로 커피를 내렸다. 주전자에 물을 끓이며 "이건 핸드 드립이어야 제격이지"하고 혼잣말도 하면서.

드립퍼에 거름종이를 깔고 코피 루왁을 쏟아 넣었다. 그리고 천천히 물을 부었다. 어느새 커피 향이 방 안에 가득해진다.

그때 아내가 나를 보고 웃으면서 말했다.

"당신 지금 고양이 똥을 물에 우려내는 것 아니에요?"

아들 녀석도 유쾌하게 웃었다. 나는 아무 소리도 하지 않고 커피 한잔을 아들의 코밑에 가져갔다.

"이거 굉장한 약이 될 거야."

#에스프레소, 아메리카노, 카페지뉴

내가 에스프레소 커피를 처음 맛본 것은 1980년대 초 프랑스 파리 호텔에서였다. 아침 식사 때 종업원이 바게트와 함께 아주 작은 하얀색 커피 잔을 가져왔다. 그 잔에 새카만 커피가 가득 담겨 있었다. 나는 무심코 커피 잔을 들어 입에 대었다. 순간 화들짝 놀랐다. 커피가 너무 진하고 맛이 써서 도저히 목으로 넘길 수 없었다. 나는 얼른 물을 들이켰다. 그러면서 문득 대체 프랑스 사람들은 이렇게 진한 커피를 어떻게 마시는지 궁금했다.

건너편 자리에 앉은 서양인들을 보니 종업원에게 더운물을 부탁해 그 진한 커피에 섞었다. 어떤 이는 우유에 커피를 넣어 마시고, 더러는 빵 조각을 그 진한 커피에 찍어 먹기도 했다. 나도 빵에 커피를 찍어 먹었다. 쓰디쓴 커피가 구수한 바게트와 잘 어울려 제법 입안이 개운했다. 여행을 마치고 귀국한 후로, 나는 이 에스프레소 커피를 한동안 맛보지 못했다.

'에스프레소'는 원래 이탈리아 사람들이 즐기던 정통 커피다. 원두를 새카맣게 볶는 이탈리안 로스팅roasting이 필요하며, 볶은 원두를 갈 때도 아주 곱게 갈아야 한다. 원두의 가루를 포터필터에 담아 기계에 장착시켜 놓은 뒤 뜨거운 물을 고압으로 통과시키면 진한 에스프레소 커피가 내려온다.《브리태니커 백과사전》에는 에스프레소 전용 기계가 1906년에 발명되었다고 기록되어 있다. 커피를 순간적으로 뽑아내는 기계의 압력은 9기압 정도, 물의 온도는 90℃ 전후이며 20초 안에 30㎖의 커피를 뽑아내도록 설계되어 있단다. 드립식 기계를 이용할 때보다 원두를 세 배 정도 곱게 갈아야 한다. 높은 압력으로 짧은 순간에 커피를 추출하기 때문에 카페인의 양이 적고, 커피의 순수한 맛을 느낄 수 있어서 요즘은 에스프레소 커피가 널리 유행하고 있다.

에스프레소 커피는 기계에서 원액이 내려오면서 크레마crema라는 옅은 갈색의 크림 층을 형성한다. 커피 원두에 포함된 지방 성분이 뜨거운 증기가 통과하는 동안 노출되어 원액의 표면 위로 떠오르는 것이다. 커피 향이 바로 여기에 담겨 있다. 그러므로 크레마의 정도가 어떠한지에 따라 에스프레소가 잘 만들어졌는지를 알 수 있다. 이때 아무것도 섞지 않은 순수한 에스프레소 원액을 '카페 에스프레소'라고 하는데, 여기에 적당량의 뜨거운 물을 부으면 '에스프레소 아메리카노'가 된다.

'카페 에스프레소'는 그 향기에도 불구하고 맛이 몹시 쓰다. 그런데 쓴맛이 가시고 나면 개운하게도 고소하면서 단맛이 혀끝에 남는다. 그 특유의 쓴맛 때문에 식도와 위장을 씻겨 내리는 듯한 느낌이 들기도 하는데, 이것이 바로 에스프레소의 매력 또는 마력이라고 한다. 커피 본연의 맛이 거기 있다고 하지만 나는 내 혀를 아직 카페 에스프레소의 마력에 길들이지는 못했다.

1990년대 초 미국에 갔을 때, 이전과 다르게 카페의 커피 풍속이 사뭇 달라졌다는 것을 느낄 수 있었다. 에스프레소를 이용해 여러 가지 베리에이션 커피를 만들어내니 카페의 메뉴도 다채롭게 변했다. 나는 베리에이션 커피보다 에스프레소 아메리카노를 좋아했다. 뜨거운 물 한 컵과 에스프레소 솔로를 주문한다. 그러고는 그 물에 진한 커피를 타서 마신다. 뜨거운 물에 커피가 섞이면서 특이한 향미를 풍긴다. 아메리칸 커피의 가벼운 맛이 내 입맛에는 맞다.

*

미국 버클리대학에서 한국문학을 가르치는 동안 나는 틈틈이 커피에 관한 책을 몇 권 읽었다. 커피의 종류도 책을 통해서 자세히 알게 되었다. 에스프레소 커피를 이용한 카페 베리에이션을 즐기는 법도 혼자 책으로 익혔다. 말하자면 독학으로 바리스타 교육을 마친 셈이었다. 백화점의 세일 기간일 때, 나는 용기 내어 에스프레소 머신을 하나 샀다. 값이 꽤 비싼 편이어서 아내는 한사코 말렸다. 하지만 나는 내 손으로 직접 에스프레소 커피를 만들고 싶었다. 이탈리아산 기계를 하나 사들이고 나니

집 주방이 카페가 된 듯했다. 나는 매일 아침 커피를 만들었다.
원두를 곱게 갈아서 포터필터라는 거름 틀에 넣은 뒤 기계에 장
착하고 스위치를 켜면 순간적으로 에스프레소 커피가 작은 컵
에 담긴다. 그런 다음 스팀을 작동하여 우유 거품을 만들어 컵
에 담고, 거기에 에스프레소 커피를 부으면 멋진 예술이 탄생한
다. 깐깐한 아내도 내 솜씨를 인정했을 정도이니까 제법 바리스
타 흉내를 냈던 것이다.

'카페 아메리카노Caffè Americano'는 말 그대로 미국식 커피를
의미한다. 에스프레소를 뜨거운 물에 섞은 커피라고 할 수 있
다. 물론 카페 아메리카노는 에스프레소와 물의 양에 따라 그

맛의 농도가 달라진다. 물론 에스프레소와 물의 양을 1대 1의 비율로 섞는 것이 보통이다. 인터넷에서 검색해보면, 1928년 발표한 서머셋 모옴Somerset Maugham의 소설 속에 이 말이 처음 등장한다고 나온다. 하지만 18세기 이탈리아인들이 미국을 여행하면서 만들어낸 말이라는 설도 있다. 미국인들이 질이 안 좋은 값싼 동남아시아산 커피콩을 그대로 끓여 마시는 것을 보고 '저걸 커피라고 마시나?' 하는 경멸의 뜻으로 '아메리카노'라는 이름을 붙였다는 것이다.

*

브라질 상파울로 거리에서 커피를 두어 번 마셔본 적이 있다. 길거리 여기저기에 '카페지뉴cafezinho'라는 간판이 붙어 있다. 이곳에서 파는 커피도 에스프레소처럼 엄청나게 진하다. 1930년대에 이상이 쓴 글을 보면 브라질 사람들은 석탄물을 마신다고 했다. 그만큼 검고 진한 커피를 즐긴다는 뜻이다. 브라질 사람들이 즐기는 카페지뉴는 특이한 방식으로 추출된다. 냄비에 물과 설탕을 넣고 가열해 끓기 시작하면 진하게 볶은 커피 원두의 분말을 넣는다. 잘 젓고 커피가 우러나면 불을 끄고 헝겊으로 된 여과천(플란넬 필터)에 부어 커피 알맹이를 걸러낸다. 그렇게 하면 커피의 쓴맛과 설탕의 단맛이 교묘하게 섞인, 아주 검고 진한 커피가 만들어진다. 그러나 이것을 마음 놓고 즐기기는 쉽지 않다.

브라질에서 '카페지뉴'라는 말의 의미는 단순한 커피 그 이상이다. 글자 그대로 풀이하면, 이 말은 그저 '한잔의 커피' 정도이지만 여기에 '환영'의 뜻이 포함되어 있다. 카페지뉴를 권하는 것은 하던 일을 잠시 멈추고 진하고 달콤한 커피와 함께 대화를 즐기자는 뜻이다. 브라질에서 흔히 듣게 되는 'Hora de cafezinho'는 말 그대로 '커피 타임'이지만, 사실 브라질 사람들은 언제나 커피 타임을 즐긴다. 브라질 사람들이 하루에 열 잔 이상의 카페지뉴를 마실 정도로 커피를 즐긴다는 것은 이미 널리 알려진 일이다.

나처럼 미국식 커피인 카페 아메리카노에 길들여진 사람들에게 카페지뉴는 너무나 자극적이다. 에스프레소보다 훨씬 더 강한 풍미가 있지만, 나는 쓴맛보다 그 속의 단맛이 입맛에 맞지 않는다. 상파울로에 살고 있는 지인은 나의 카페지뉴에 대한 품평을 듣고 그저 웃기만 했다. 그러더니 취향에 따라 설탕을 적게 넣으라고, 혹 너무 진하다고 생각되면 물을 넣어 농도를 맞출 수도 있다고 알려준다. 자신은 우유를 곁들인다며 약간의 팁도 더하면서 말이다.

#내가 좋아하는 커피

오래전의 일이다.

하와이 여행길에 들렀던 코나 커피 농장에서 나는 진하게 우려낸 코나 커피 한잔을 마셨다. 그때 거기서 맛본 그 쌉쌀한 커피의 맛이 오래 남아 있다. 그 뒤로 나는 하와이 코나 커피를 좋아하게 되었다. 시중에서 구할 수 있는 코나 커피 가운데에도 '코나 클래식'을 특히 좋아하여 주변 사람들에게 자주 권하곤 한다.

하와이 섬Hawaii Island의 해발 4,500미터 고지대인 코나Kona 지역에 커피 농장이 있다. 이곳의 커피는 자메이카 블루마운틴 Jamaica Blue Mountain, 예멘 모카Yemen Mocha와 더불어 세계 3대 커피로 인정받을 정도로 유명하다. 내가 그곳을 방문했던 것은 한창 커피를 수확하던 때였다. 커피나무 가지에 다닥다닥 붙어 붉게 잘 익은 체리(커피 열매)를 정성스럽게 따던 커피 농장 사람들의 모습은 매우 인상적이었다.

안내자는 코나 지역이 커피 재배에 가장 알맞은 화산토 지대라고 소개했다. 하와이의 열대 기후와 태평양의 바람이 이 땅의 기운을 돋우어 커피가 잘 자란단다. 내가 문학 교수라고 말하자, 안내자는 신이 나서 《분노의 포도The Grapes of Wrath》로 유명한 미국 소설가 존 스타인벡이 '다정한 찬사를 받기에 충분한 커피'라고 극찬한 바 있다고 믿거나 말거나 식의 일화까지 들려주면서 코나 커피를 선전했다. 그때 커피 농장에서 맛본 하와이 코나 커피의 맛과 향기는 지금도 잊을 수가 없다.

코나 커피는 향기 자체가 풍성하고 달콤하다. 갓 볶아놓은 커피를 사면 커피 봉지에서 풍기는 향미가 온 집 안을 들뜨게 만든다. 따뜻한 커피 잔을 들고 입가에 가져가면, 고소한 향기에 먼저 취하고 혀끝에 닿는 산뜻한 신맛과 쓴맛, 단맛이 저절로 눈을 감기게 한다. 약간 쌉쌀한 맛이 입안 전체에 번져 오랫동안 감돌다가 느껴지는 단맛이 코나 커피의 매력이다. 텁텁하지도 않고 싱겁지도 않은 중간 정도의 바디감! 그것만으로도 나의 기분을 좋게 한다.

*

일본 동경대학에서 한국문학을 가르치고 있을 때의 일이다. 지하철역에서 나와 동경대학 혼고 캠퍼스의 정문으로 들어서기 전에, 작은 카페 하나가 길가에 자리 잡고 있었다. 지금으로서는 그 카페가 여전히 문을 열고 있는지는 알 수 없다. 영어로 와일드Wild라고 쓴 자그마한 간판이 그저 초라하게만 보였던 카페였다. 나는 항상 그 앞으로 지나다니면서도 카페에 별로 관심을 기울이지 않았다.

그러던 어느 목요일 오후였다. 학교 연구실에서 나와 지하철역으로 걸어가던 중에 나는 그만 그 카페 앞에서 발걸음을 멈췄다. 카페에서 밀려 나오는 커피콩을 볶는 그 고소한 향미 때문이었다. 코나 커피인가? 유리창을 통해 얼비치는 카페 내부의 한쪽 구석에서 중년의 사내가 커피콩을 볶는 중이었다. 나는 창밖에서 잠깐 구경하다가 가게 안으로 들어갔다. 가게 안의 진열대에 여러 종류의 커피 원두가 커다란 유리병 안에 담겨 있었다.

커피를 볶던 사내가 작업을 마치고 내게 눈인사를 해왔다. 나는 혹시 코나 커피를 살 수 있느냐고 물었다. 그러자 그 사내가 열기를 식히려고 펼쳐놓은 볶은 커피 원두를 가리켰다. 오늘이 코나 커피를 볶는 날이란다. 커피 한잔을 하겠느냐는 말에 나는 그러겠다고 답했다.

나는 가게 안에 가득한 커피의 향기에 젖어서 갓 볶아낸 코나 커피 한잔을 마셨다. 가게 주인이 내게 무슨 일을 하는 사람이냐고 묻기에, 나는 한국인으로 동경대학에 와 있다고 했다. 그가 동경대학 교수냐고 다시 물어왔다. 나는 그저 허허 웃다가 하와이 코나 커피를 좋아한다고 말했다. 그 후 나는 매주 목요일 오후에 길가의 작은 카페를 찾았다. 그리고 코나 커피 원두 500그램을 샀다. 그 정도면 일주일을 버틸 수 있었다. 커피 봉지를 책가방 속에 넣고 지하철을 타면 은은하게 커피향이 번졌다. 나는 그 향기가 싫지 않았다.

*

서울에서 열린 국제 학회에 여러 나라의 학자들이 참석했다. 내가 잘 아는 하와이대학 미국인 교수도 논문 발표를 했다. 그래서 점심 식사를 마치고 휴식 시간에 그 교수와 자리를 같이했다. 둘이서 커피를 마시기로 한 것이다. 캠퍼스 안에 있는 작은 카페에서 아메리카노 두 잔을 주문했다. 그런데 그 미국인 교수가 커피를 입에 가져가자마자 바로 탁자 위에 커피 잔을 내려놓았다.

"커피 맛이 별로지요?"

나의 물음에 그는 대답 대신 그저 웃음만 지었다. 나는 좀 멋쩍어서 "여기서는 하와이 코나 커피를 구하기가 쉽지 않아요. 내가 마셔본 커피 가운데 가장 입맛에 맞는데…" 하고 얼버무렸다.

　그 뒤로 이 교수는 가끔 한국을 방문할 때 일부러 나를 위해 코나 커피 한 봉지를 사왔다. 어떨 때는 다른 사람 편에 코나 커피를 보내주기도 했다. 그때마다 나는 고마움을 느끼며 코나 커피의 향취에 더욱 빠져들곤 했다. 코나 커피는 저녁에 마셔야 더 향미롭다고 내게 가르쳐준 것도 그 교수이다.

　요즘 어지간한 카페에 들르면 쉽게 코나 커피를 맛볼 수가 있다. 하지만 하와이 섬 농장에서 마셨던 그런 깊은 맛은 아니다. 미국인 교수가 내게 보내준 코나 커피의 향기처럼 그윽하지도 않다. 하지만 나는 코나 커피가 좋다.

제2장

문학 속의 커피

#커피 잔을 들고

김소월의 시 가운데에서는 커피를 노래한 작품이 없다. 주요한의 초기 시에도 커피는 등장하지 않는다. 정지용의 초기 시에도 카페라는 공간은 등장하지만, 커피라는 말은 보이지 않는다.

내가 찾아 읽어본 시 가운데 처음으로 커피를 노래한 것은 김기림의 〈커피 잔을 들고〉라는 작품이 아닌가 생각된다. 1933년 6월 《신여성》이라는 잡지에 이 시를 발표했는데, 그 시기 이미 서울 여기저기에 다방이 생기기 시작했다. '끽다점'이라는 이름으로 도시 한구석에 자리 잡은 공간에 새로운 음료가 등장했는데, 그것이 바로 커피다. 이상이 꾸민 다방 '제비'도 이 무렵에 개업하여 장안의 화제를 모았다.

오, 나의 연인이여

너는 한 개의 슈크림이다.

너는 한잔의 커피다.

너는 어쩌면 지구에서 알지 못하는 나라로

나를 끌고 가는 무지개와 같은 김의 날개를 가지고 있느냐?

나의 어깨에서 하루 동안의 모든 시끄러운 의무를

내려주는 짐 푸는 인부의 일을

너는 캘리포니아의 어느 부두에서 배웠느냐?

〈커피 잔을 들고〉에서 화자는 커피를 연인에 비유하고 그 달콤함을 슈크림으로 표현한다. 오후에 지친 몸을 이끌고 커피 한잔을 손에 들고 있다. 커피가 주는 맛과 향기가 환상적인 분위기로 안내한다는 것도 놓치지 않는다. '나를 끌고 가는 무지개'는 커피에서 풍기는 향취에 대한 환상을 표현한 구절이다. 오후에 마시는 커피 한잔은 하루의 피로를 모두 잊게 한다. 힘든 일을 잠시 내려놓게 만드는 커피야말로 커피의 매력이 아닐 수 없다. 하루 동안의 모든 시끄러운 일들의 무게를 한잔의 커피로 덜어내고 있기 때문이다. 이 시에서는 커피를 즐기는 모습이 그대로 표현되어 있는데, 이를 볼 때 당대의 신사였던 김기림의 취향을 엿볼 수 있다.

　김기림이 발표한 〈도시 풍경〉(1931)에도 커피가 등장한다. 여기에는 커피를 대중적인 기호품으로 애호하고 있다는 것을 다음과 같이 그리고 있다.

　오후 다섯 시— 거리의 피곤한 황혼이 되면 그리고 더욱이 쾌청한 일요일에는 데파트먼트의 넓은 층층대에는 시민의 지친 얼굴들이 폭포같이 퍼부어 내려온다. 그 속에는 창백한 샐러리맨의, 육감적 중년 마담의 수없는 얼굴 얼굴들이 깜박거리며 내려온다. 난간에 비껴서서 층층대를 올라가는 미끈한 여자의 비단 양말에 싸인 다리와 높은 에나멜의 구두 뒤축을 하염없이 쳐다보고 서 있는 수신 교과서를 잊어버린 중등교원도 있다. 그들은 인제는 교외의 절간으로 나가는 대신에 일요일의 맑은 아침이 되면 그들의 어린 W와 젊은 제비와 애인을 끌고 이 데파트먼트의 질소를 호흡하러 꿀벌과 같이 모여들어서는 그들의 얕은 호주머니를 털어놓고는 돌아간다. 어제까지는 설렁탕의 비린 냄새를 들이켜던 그 사람도 오늘은 음악가 지원의 여자와 같이 정자옥丁字屋 식당의 찬 대리석 테이블에 마주 앉아서 캘리포니아산의 커피차를 쪽쪽 빨고 있다.

앞의 인용에서 확인되는 것처럼 커피는 도시인의 일상에 자리 잡고 있다. 설렁탕의 비린 냄새를 들이켜던 사내가 음악가를 지원하는 여성과 단둘이 앉아 '캘리포니아산의 커피차'를 쪽쪽 빨고 있다고 실감나게 묘사하고 있다.

다시 〈커피 잔을 들고〉로 돌아가보자. 이 시는 모두 세 개의 연으로 구분되어 있다. 첫째 연은 시상의 발단 부분이다. 하루 종일 일에 시달리던 시적 화자는 지금 한잔의 커피와 함께 슈크림을 앞에 두고 있다. 여기서 커피가 주는 해방감에 즐거워하는 '나'의 심정이 잘 드러나 있다. 마치 사랑하는 연인을 앞에 두고 있는 것처럼 '나'는 한잔의 커피와 거기에 곁들인 슈크림을 반긴다.

둘째 연은 커피 잔을 손에 든 순간을 말하고 있다. 커피 잔에서 모락모락 김이 오른다. 이제 막 커피를 내린 상태이기 때문에 따스한 온기와 함께 향미로움이 사방으로 번진다. '나'는 그윽한 커피 향에 젖어든다. 여기서 끌어온 것이 '무지개'이다. 비가 그치며 하늘에 뜨는 '무지개'는 어딘지 알 수 없는 환상의 나라로 '나'를 이끌어간다. 그런 그윽함이 커피 잔에서 피어오르는 김에서 느껴진다.

셋째 연은 커피를 마신 후의 상쾌한 느낌을 노래한다. 하루의 일을 마감하고 오후에 마시는 한잔의 커피가 주는 상긋함은 고된 일상으로부터의 해방감을 의미한다. 커피가 박래품이라는 사실은 '캘리포니아의 어느 부두'라는 말에서 암시하는 이국 취향과 맞닿아 있다.

김기림의 〈커피 잔을 들고〉를 보며 다시 생각하게 된 것이 있다. 바로 커피에 곁들인 '슈크림'이다. 슈크림은 프랑스어인 'chou à la créme'의 준말이라고 할 수 있는데, 영어로는 '크림 퍼프cream puff'라고 한다. 밀가루에 달걀, 버터, 소금을 섞어 잘 반죽하여 속이 비도록 오븐에 구워 부풀리는데, 그 속에 커스터드 크림을 넣으면 슈크림이 된다. 슈크림의 '슈'는 '양배추'라는 뜻이다. 부풀어 오른 껍질 모양이 양배추와 비슷한 데서 슈크림이라는 이름이 붙었다고 한다. 겉은 바삭하고 속에는 부드럽고 달콤한 크림이 가득하니, 슈크림의 맛이야말로 과자 중의 일품이다. 속을 크림 대신 생과일로 채우기도 하고, 겉에 초콜릿을 바르기도 하며, 그 크기와 모양을 달리 만든다.

김기림은 커피 한잔과 슈크림을 함께 즐기고 있다. 당시의 상황을 보면 상당히 고급 취향이다. 요즘은 에스프레소 커피에 쿠키나 초콜릿을 함께 내는 카페가 많다. 일본의 카페에서는 대개 파이나 케이크를 곁들인다. 호박파이가 맛있는 집도 있고 피칸파이가 고소한 집도 있다. 어떤 집에서는 비스킷을 내놓기도 한다.

그러나 나는 김기림의 취향과 다르다. 커피에 과자나 과일을 곁들이는 것을 원하지 않는다. 그냥 커피만으로 만족한다. 무언가로 커피의 쌉쌀한 맛을 해치는 것이 싫다. 커피의 향이 오래도록 입안에 감도는 것이 더 좋다.

#다방 제비

서울 거리에 '다방'이라는 새로운 이름의 휴게 공간이 대중을 상대로 문을 열게 된 것은 1920년대 후반이다. 그 뒤 다방이 한담의 공간으로 도회의 일상 속에 자리 잡기 시작한다. 이 새로운 영업장인 다방의 등장을 놓고 당시 세간의 시선이 곱지는 않았다. 다방이 할 일 없는 사람들의 '한담실閑談室'로 여겨졌기 때문이다. 시대의 불안과 생활의 피로가 사람들을 다방의 한구석으로 끌어들이긴 했지만 유럽의 살롱 문화와 같은 현상을 새로 생기는 다방에서 기대할 수 없다고 꼬집는 사람도 적지 않았던 것이다. 할 일 없이 떠도는 한량들이 다방 구석에서 시간을 때울 것이 아니라 거리로 나와 일해야 한다는 점을 강조하면서 말이다.

　1934년 5월, 대중 독자에게 가장 인기가 높았던 잡지《삼천리三千里》에는 〈끽다점평판기喫茶店評判記〉라는 흥미로운 기사가 실려 있다. 본정本町(현재의 명동) 일대에 일본인들을 상대로 하는 다방이나 카페가 여럿 성업 중이라는 기사였지만, 그것은 이 잡지의 관심사가 아니었다. 이 기사는 한국 사람들이 제 손으로 세워 경영하는 다방들이 여기저기 경성 거리에 들어서면서 생겨난 새로운 풍속도에 초점을 맞추고 있었다. 뿌라탄, 낙랑樂浪파라, 뽄 아미, 멕시코, 제비 등 낯선 이름의 다방들이 지금의 종로, 소공동, 무교동 일원에 문을 열면서 자연스럽게 사람들의 호기심을 자극하고 있다는 것이다. 이 잡지 기사의 한 부분은 다음과 같다.

　총독부에 건축기사로도 오래 다닌 고등공업 출신의 김해경金海卿 씨가 경영하는 것으로 종로서 서대문 가느라면 10여 집 가서 우편 페이브먼트 옆에 나일강반江畔의 유객선遊客船같이 운치 있게 빗겨선 집이다. 더구나 전면 벽은 전부 유리로 깐 것이 이색이다. 이렇게 종로 대가鍾路大街를 옆에 끼고 앉았느니만치 이 집 독특히 인삼차나 마시면서 바깥을 내다보노라면 유리창 너머 페이브먼트 위로 여성들의 구둣발이 지나가는 것이 아름다운 그림을 바라보듯 사람을 황홀케 한다. 육색肉色 스타킹으로 싼 가늘고 긴 각선미의 신여성의 다리 다리 다리-

이 집에는 화가, 신문기자 그리고 도쿄東京 오사카大阪로 유학하고 돌아와서 할 일 없어 양차洋茶나 마시며 소일하는 유한청년有閑靑年들이 많이 다닌다. 봄은 안 와도 언제나 봄 기분 있어야 할 제비. 여러 끽다점 중에 가장 이 땅 정조를 잘 나타낸 '제비'란 이름이 나의 마음을 몹시 끈다.

여기에 소개되고 있는 '총독부에 건축기사로도 오래 다닌 고등공업 출신의 김해경 씨'가 바로 희대의 천재 시인으로 이름을 날렸던 '이상李箱'이다. 김해경은 이상의 본명이다. 다방 제비는 이상 개인에게 있어서 하나의 새로운 사업이었지만 사실은 서울에서도 흔치 않았던 영업이었음은 물론이다. 당시 경성은 일본 식민지 지배 상황에서 왜곡된 근대화의 과정을 겪으며 점차 현대적인 도시로 변모하던 중이었다. 이런 가운데 들어서기 시작한 다방들이 경성의 새로운 풍속도를 만들기 시작한다.

*

이상이 다방 제비의 문을 열게 된 사연은 무엇일까? 이상이 다방에 손을 댄 것은 고상한 예술적 취향과는 관계가 없을 듯싶다. 당시에 그는 스물넷이었고 병으로 실직한 건축기사에 불과했다. 이름난 문학가도 아니며 예술가로 알아주는 이가 있을 리 없었다. 이상은 생업을 위해 새로운 사업을 구상하였고 그것이 다방 제비였던 것이다. 이 같은 상황에 대해서는 이상의 누이동생 김옥희의 다음과 같은 회고를 참조할 만하다.

종로 2가에 제비라는 다방을 내건 것은 배천온천에서 돌아온 그해 6월의 일입니다. 금홍 언니와 동거하면서 집문서를 잡혀 시작한 것이 이 제비다방이었습니다. 그런데 오빠가 집문서를 잡힐 때 집에서는 감쪽같이 몰랐다고 합니다. 도시 무슨 일이고 집안과는 의논이 없던 오빠인지라 집문서 잡힐 때라고 사전에 의논했을 리는 만무합니다만 설령 오빠가 다방을 내겠다고 부모님께 미리 말했다고 하더라도 응하시진 않았을 것입니다.

오빠는 늘 돈을 벌어보겠다고 마음먹은 모양이지만 막상 돈벌이에는 소질이 없었던 것 같습니다. 더구나 장사 그것도 다방 같은 물장사가 될 이치가 없습니다. 돈을 모르는 사람이 웬 물장사를 시작했는지조차 의심스러운 일입니다만, 거기다가 밤낮으로 문학하는 친구들과 홀 안에 어울려 앉아서 무엇인가 소리 높이

지껄이고 있었으니 더구나 다방이 될 까닭이 없었습니다.

_김옥희, 〈오빠 이상〉 중에서

이상은 종로 2가 네거리 반도광무소의 건물 아래층을 세내어 자신의 손으로 실내장식을 꾸미고 '제비'라는 다방의 간판을 내건다. 1933년 6월의 일이다. 다방 제비는 당시 경성에서는 몇 되지 않는 다방 가운데 하나로 세간의 관심사가 된다.

다방 제비라는 공간을 제대로 이해하기 위해서는 먼저 이 다방을 운영하게 되기까지의 이상의 삶을 일별할 필요가 있다. 이상은 1910년에 서울에서 태어났으며, 두 돌이 지나면서 생부모의 곁을 떠나 백부 김연필의 집에서 양자처럼 자랐다. 신명학교를 졸업하고 동광학교(중학과정)에 입학했으나 1922년에 동광학교가 해체되면서 보성고보에 편입했다. 1926년 관립 경성고등공업학교 건축과에 입학했고, 소학교 시절부터 꿈꾸었던 화가가 되기 위해 미술 공부에 전념했다. 1929년 3월, 그는 건축과 수석 졸업의 영예를 안고 학교의 추천을 받아 조선총독부 내무국 건축과의 기사로 특채되었다.

이상은 일본인 건축가들이 주축을 이루고 있는 조선건축회 정회원으로 가입한 후, 1930년 1월 조선건축회지《조선과 건축 朝鮮と建築》의 표지 도안 현상 모집에 1등과 3등으로 당선되면서

미술에 대한 재능을 인정받았다. 이상은 조선총독부 건축기사로서 활동하면서 1931년 조선미술전람회에 서양화〈자상自像〉을 출품하여 입선함으로써, 자신이 꿈꾸었던 화가의 길에 들어설 수 있는 가능성을 열어놓았다. 그리고 바로 그해에 잡지《조선과 건축》에 일본어 시를 발표하면서 화가뿐 아니라 시인으로서의 자질을 펼쳐 보였다.

그런데 이상은 자신의 예술적 열정을 제대로 구현해보기도 전에 깊은 절망의 늪에 빠져들었다. 1931년 가을, 그는 조선총독부에서 시행하던 건축 공사의 현장 감독으로 일하던 중에 피를 토하고 쓰러진 것이다. 이상의 나이 스물두 살이 되던 해의 일이다. 병원으로 옮겨져 응급처치를 하고 정밀 진단을 통해 알게 된 것이 바로 폐결핵이다. 이상은 의사로부터 병환이 매우 심각한 상태라는 사실을 통보받은 후 충격을 받았다. 그는 자신을 향해 가까이 다가오는 죽음에 대한 공포에 떨며, 때때로 찾아오는 객혈의 고통 속에서 훼손되어가는 육체에 대한 특이한 자기 몰입의 과정을 겪었다. 그 고통의 시간에 대해 그는 '죽어왔다'라고 적고 있다.

그동안 수개월―그는 극도의 절망 속에 살아왔다 (이런 말이 있을 수 있다면 그는 '죽어왔다'는 것이 더 적확하겠다). 급기야 그가 병상에 쓰러지지 아니하면 아니되었을 순간 ─ 그는 '죽음은 과연 자연적으로 왔다'를 느꼈다. 그러나 하루 이틀 누워있는 동안 생리적으로 죽음에 가까이까지에 빠진 그는 타오르는 듯한 희망과 야욕을 가슴 가득히 채웠던 것이다. 의식이 자기로 회복되는 사이사이 그는 그 오래간만에 맛보는 새 힘에 졸리었다(보채워졌다). 나날이 말라들어가는 그의 체구가 그에게는 마치 강철로 만든 것으로만, 결코 죽거나 할 것이 아닌 것으로만 자신되었다.

_이상, 〈병상 이후〉중에서

　화가를 꿈꾸었던 청년 이상은 화필을 던졌고 조선총독부 건축기사도 사직했다. 1933년 봄, 그는 자신이 앓고 있던 병(결핵)의 요양을 위해 황해도 배천온천으로 떠난다. 이 시골의 온천장에서 그가 운명적으로 만난 여인이 바로 기생 '금홍'이라는 것은 널리 알려진 사실이다. 이상과 금홍의 만남은 소설 〈봉별기〉를 통해 담백한 필치로 서사화 되고 있지만, 이들의 만남과 사랑과 이별은 이상 자신의 삶에 있어서는 거의 치명적이었다고 할 수밖에 없다. 이상은 온천 요양을 마치고 서울로 올라온 후에 금홍을 서울로 불러올릴 계획을 세운다. 이 운명적 투기를 구체적으로 실천에 옮기기 위해 문을 열게 된 것이 바로 다방 제비다.

  이상이 개업한 다방 제비는 여동생 김옥희의 회고대로 집문서를 저당 잡혀 이루어낸 사업이었지만 성공적인 '물장사'는 되지 못했다. 이상 자신도 제비의 운영에 크게 힘들이지 못했고, 금홍과의 불화로 인해 다방 운영 자체가 점차 힘들어졌기 때문이다. 종로 네거리에 인접하여 세간의 화제가 되었던 다방 제비는 2년을 제대로 넘기지 못한 채 문을 닫기에 이른다. 이러한 사실은 1935년 10월《삼천리》의 취재 기사인〈서울 다방〉에서 이미 그 이름이 사라졌다는 데에서 확인할 수 있다.

  김옥희의 회고에 따르면 이상은 다방 제비의 폐업 후에 인사동에 '쓰루鶴'라는 카페를 인수했다가 손을 떼었고, 다시 종로에 '69'라는 다방을 설계하고는 개업도 하기 전에 남의 손에 넘겼다. 그리고 다시 명치정에 다방 '무기麥'를 열었지만 그 또한 제대로 운영되지 못한다. 이를 통해 다방의 운영이라는 것이 당시 경성에서 그리 손쉬운 사업이 아니었음을 짐작할 수 있다.

*

  1930년대 중반, 식민지 조선의 중심지 경성의 한복판에 자리했던 다방 제비는 이상이라는 한 개인에게 있어서는 유폐의 공간이나 다름없다. 다방 제비는 이상이 조선총독부 건축기사를 사직한 후 구상했던 생업이다. 그는 배천온천의 기생 금홍과 동거하면서 다방 제비를 개업했지만 그 운영에 실패함으로써 경제적 궁핍에 시달린다. 그리고 금홍과도 결별한다.

그렇지만 이상은 다방 제비에서 자신의 젊음을 탕진했던 것만은 아니다. 이 특이한 장소는 1930년대 중반을 살았던 경성의 문학인들에게는 하나의 작은 '살롱'이 되었고, 여기에 모여드는 문인들과의 교류가 가능해지면서 이상은 그 자신의 욕망의 새로운 출구를 찾아갈 수 있게 되었다. 그 출구가 바로 문학적 글쓰기의 세계이다. 이상은 조선총독부 건축기사 시절부터 글쓰기에 관심을 갖고 있었지만, 당대의 문단과 소통하거나 수용의 공간을 공유하지 못했던 것이 사실이다. 그러다 이상이 다방 제비를 운영하면서 당시 새로운 문학 동인 구인회九人會의 구성원들을 이 공간에서 자연스럽게 만나고, 이들과 교류할 수 있는 계기가 되었던 것이다.

이상은 시인 정지용과 소설가 박태원, 이태준 등의 호의적인 주선에 의해 신문 연재의 방식으로 연작시〈오감도〉를 발표한다. 다방 제비가 이상 자신의 출세작《오감도》의 산실이 되었던 것이다. 1934년 7월《조선중앙일보》에 연재가 시작된〈오감도〉는 특이한 시적 상상력과 사물을 보는 새로운 시각으로 인하여 시인으로서의 이상의 문단적 존재를 새롭게 각인시킨 화제작이 된다. 이상은 〈오감도〉에서 기존의 시법을 거부하고 파격적인 기법과 진술 방식을 통해 새로운 시의 세계를 열어놓는다. 이 작품은 시라는 양식에서 가능한 모든 언어적 진술 방식을 동원하고 새로운 기법을 실험하면서 사물을 보는 새로운 시각의 가능성을 보여주고 있다.

다방 제비는 한낱 서생에 불과한 이상의 삶을 파탄으로 내몰았지만, 이 시련의 공간이 그의 새로운 문학적 산실이 되었다는 사실은 참으로 아이로니컬하다. 그는 다방 제비에서 자연스럽게 당대의 소설가 박태원과 만났고, 이태준, 정지용, 김기림 등과 접촉할 수 있는 기회를 얻었다. 그리고 이들과의 만남을 통해 연작시 〈오감도〉를 발표함으로써 자신의 존재를 식민지 시대에 가장 빛나는 한 사람의 시인으로 내세울 수 있게 된다.

*

'다방 제비'는 이상이 1937년 동경에서 세상을 떠난 뒤에 1930년대 경성의 풍속 가운데 가장 '슬픈 이야기'로 박태원에 의해 기록된 적이 있다. 박태원이 발표한 〈자작자화 유모어콩트 제비〉를 보면 다방 제비라는 공간은 그가 손수 그린 삽화와 함께 하나의 회화戱畵처럼 남아 있다. 이 글 가운데 담긴 이상의 어두운 삶의 내면이 지금도 짙게 배어 나오는 듯하다.

유모어콩트라지만 그러나 이것은 슬픈 이야기다. 그도 그럴밖에 없는 것이 이것은 죽은 이상과 그이 찻집 제비의 이야기니까. 제비는 이를테면 이제까지 있었던 가장 슬픈 찻집이요 또한 이상은 말하자면 우리의 가장 슬픈 동무이었다.

제비 2층에는 광무소鑛務所가 있었다.

아니 그런 것이 아니다. 광무소 아래 제비는 있었다.

이것은 얼른 들어 같은 말인 법하되 실제에 있어 이렇게 따지지 않으면 안 된다.

왜 그런고 하면 그 빈약한 2층 건물은 그나마도 이상의 소유가 아니요 엄연히 광무소의 것으로 제비는 그 아래층을 세 얻었을 뿐, 그 셋돈이나마 또박또박 치르지 못하여 이상은 주인에게 무수히 시달림을 받고 내용증명의 서류우편 다음에 그는 마침내 그곳을 나오지 않으면 안 되었던 것이니까-.

제비- 하얗게 발라놓은 안벽에는 실내장식이라고 도무지 이상의 자화상이 하나 걸려 있을 뿐이었다. 그것이 어느날 황량한 벌판으로 변하였다. 제비가 그렇게 변하였다는 것이 아니라 그림

말이지만 결국은 제비도 매한가지다.

온 아무리 세월이 없느니 손님이 안 오느니 하기로 그처럼 한산한 찻집이 또 있을까?

언제 가보아도 손님이란 별로 없었고 심부름하는 수영이란 녀석은 아직 열여섯 살이나 그밖에 안 된 놈이 때때로 그곳에 놀러 오는 이웃 카페 여급을 상대로 손님 없는 점 안에서 시시덕거리고 낄낄거리고 그러는 것이었다.

그래도 어쩌다가 찾는 손님이 있으면 이 소년은 그리 친절할 것은 없어도 매우 신속하게 꼭 가배와 홍차만 팔았다.

_박태원, 〈자작자화 유모어콩트 제비〉

• 박태원의 〈자작자화 유모어콩트 제비〉 삽화

박태원이 그린 다방 제비의 풍경은 어느 정도 회화화된 것이지만, 그 실체를 크게 과장한 것 같지는 않다. 이런 식의 물장사라면 까다로운 경성의 한량들에게 외면당할 것은 뻔한 이치다. 이상은 다방 제비의 경영에서 2년을 견디지 못하고 완전히 실패한다. 더구나 배천온천에서 불러올려 함께 동거했던 기생 금홍과의 생활도 바로 이 공간에서 파탄에 이르게 된다. 그는 모든 일을 접어두고 성천 등지를 떠돌기도 하지만 경제적 궁핍에서 벗어나지 못한다. 그가 정신적 좌절과 절망의 현실에서 벗어날 수 있게 된 것은 친구인 화가 구본웅의 도움을 통해서였다. 구본웅이 자기 부친이 운영하던 인쇄소 창문사로 이상을 끌어들였던 것이다.

#구보씨와 낙랑 파라

박태원의 《소설가 구보씨의 일일》(1934)에는 주인공 구보씨가 등장한다. 소설은 구보씨가 근대적 도시 공간인 경성 시내를 배회하는 하루 동안의 모습을 그리고 있다. 이 모습은 파리의 우울을 노래했던 시인 보들레르의 파리 산책과 그 정신이 맞닿아 있다. 하지만 바다 건너 일본 도쿄의 번화가 긴자를 어슬렁대던 '긴부라銀ぶら'의 '모던 뽀이' 행태와 다를 바 없다고 해도 크게 상관없어 보인다. 박태원은 이 소설에서 도시 공간이라는 소설적 무대장치를 통해 경성의 변화와 새로운 도시적 일상을 그려내면서 그 다양한 사회문화적 변주를 제시하고자 한다. 그러므로 이 소설은 1930년대에 등장하게 되는 이른바 도시 문학의 전형에 해당한다. 박태원에 이르러서야 한국 근대소설이 도

시적 풍물을 소설적 무대로 구체화시킬 수 있게 되었다고 평가할 수 있다.

소설가 구보씨는 무엇을 보고 무슨 생각을 하며 경성 시내를 배회했을까? 일제는 조선을 식민지로 강점하면서 왕조의 도읍으로 그 전통을 지켜온 한양을 경성이라는 식민지 도시로 재편하였다. 여기저기 도성을 허물고 새롭게 전차 노선을 깔면서 도로를 확장하였고, 지배자의 위세를 내세워 정체불명의 건축물을 세워놓는다. 500년 왕조의 역사를 말해주던 창경궁을 파괴하고 그 자리에 동물원을 만들어 놀이터로 바꾸고, 광화문을 헐어내고 위압적인 조선 총독부의 건물을 경복궁 근정전 바로 앞에 세워놓는다. 또한 남산을 중심으로 일본인 거주지와 상권을 개발하면서 일본식 지명으로 모든 동네의 얼굴을 바꾼다. 도로 위로 자동차가 달리고 전차가 사람들을 실어 나른다. 상가가 늘고, 백화점이 들어서고, 다방과 카페와 유흥가가 생겨나면서 경성은 식민지 근대의 명암을 그대로 드러낸다.

《소설가 구보씨의 일일》에서 주인공 구보씨는 한 권의 노트를 손에 들고 도시의 이곳저곳을 돌아보면서 우연히 부딪치게 되는 일상의 변화를 기록한다. 새로 쓰려는 소설의 모티프를 구상하기 위해서다. 그는 무기력과 상실감에 빠져 있지만, 삶에서 행복과 기쁨이라는 것이 어떤 것인가를 끈질기게 질문하면서 자신의 소설 쓰기에 매달린다. 이와 같은 설정 자체는 소설이라는 것이 미지의 삶에 대한 탐구이면서 동시에 삶의 세계에 대한 새로운 접근법임을 말해주는 것이다. 그는 그냥 떠돌 듯 도회를 헤매면서 순간순간 눈에 비춰진 경성의 공간과는 다른 자기 내면 의식을 따라간다. 독자들은 이 소설을 읽으며 주인공의 산책을 따라 하나의 소설이 어렴풋이 만들어지는 과정 속으로 빠져들게 된다.

박태원은 이 작품에서 시도하고 있는 새로운 소설 방법을 '고현학考現學'이라고 말한 바 있다. 하지만 이 말은 박태원이 만들어낸 용어가 아니다. 고현학은 '모더놀로지modernology'라고도 하는데, 문학적 기법을 말하는 것이 아니다. 1920년대 중반, 일본에서 곤 와지로(1888~1973), 요시다 겐기치(1897~1982) 등이 주창한 당대의 사회 현실과 생활 방식 등에 대한 새로운 조사 연구 방법이다. 이 두 사람이 펴낸《고현학考現學》(1930)이라는 책을 보면, 현대사회의 다양한 현상을 이해하기 위해 풍속과 세태, 주거와 복식 등을 생활공간 속에서 직접 면밀하게 조사 탐구하는 새로운 방법을 '고현학'이라고 했다. 일본의 관동대지진 이후 이 새로운 방법이 문화인류학이나 도시 환경 연구 등에서 한때 붐을 이루기도 하였다. 박태원은 이 용어를 그대로 차용하여 소설 쓰기가 도시인의 현대적 생활을 면밀하게 조사 탐구하는 작업이라고 규정한 셈이다.

구보씨가 하루 동안 도시 산책을 하며 아무런 변화를 느낄 수 없는 곳은 산책의 출발점이자 소설의 종착점이 되는 구보씨의 집이다. 아들을 걱정하는 어머니가 집안 살림과 바느질로 하루를 보내는 소박한 생활 모습이 등장한다. 구보씨가 근대적 문명을 상징하는 새로운 도시의 풍물로 가장 먼저 내세운 것이 신식 약국과 백화점이다. 약국은 보건과 위생이 도시 생활에 직결되는 문제라는 것을 의미한다. 백화점이란 산업 생산품이 한곳으로 집결되어 상품으로 소비되는 근대적인 소비문화의 상징 공간이다. 백화점 '화신상회'의 등장은 일본 제국이 강요하고 있는 식민지에서의 근대적 자본주의의 확대와 함께 새로운 소비문화의 확산 방식을 그대로 말해준다.

구보씨는 전차에 올라타고는 경성의 도심을 한 바퀴 돌아본다. 이 노선은 종로 네거리에서 전차에 올라 동대문을 지나 훈련원 앞을 거쳐 '황금정'을 따라 남대문역까지 이어진다. 도심을 가로지르며 돌아가는 전차는 식민지 지배 아래 근대도시로 변모한 경성의 새로운 풍물이다. 이 전차는 경성역으로 이어지면서 전국으로 갈라지는 철도와 만난다. 도로 위를 달리는 전차와 버스, 택시와 트럭은 부산한 도회 풍경에서 빼놓을 수 없는 요소들이다. 그리고 시가지에 늘어선 빌딩 가운데 식민지 조선의 경제를 주무르던 장곡천정의 조선은행과 대한문 앞에 높이 세워 덕수궁의 담장을 넘볼 수 있던 경성의 중심이 된 부청 건물 등이 간단하게 묘사된다.

*

《소설가 구보씨의 일일》에서 주인공 구보씨의 도시 산책은 하루라는 제약된 시간 안에서 이루어진다. 물론 하루라는 시간 자체가 근대적 도시인의 삶의 전부에 해당한다고 할 수 있다. 그러므로 이 하루가 바로 소설의 중심이며 이야기의 핵심이 된다. 하루 동안의 낮과 밤이라는 정해진 시간 속에서 온갖 경험적 요소들이 서로 뒤섞여서 자연적 시간의 단순한 순서나 단위와 극명하게 대비된다. 구보씨는 도회의 공간을 배회하면서 흘러간 기억을 하루라는 시간 속에 주입한다. 이러한 방법을 통해 하루라는 제약된 시간이 소설에서 특별한 현재를 구성하고 있는 셈이다. 여기서 시간은 마치 정신이 시간을 경험하는 것처럼 지연되기도 하고 즉각적으로 이동하거나 도약하기도 한다. 이 과정에서 구보씨의 기억과 욕망이 극적으로 제시되고 외형화하여 무의식의 세계와 겹쳐진다. 그러므로 이 소설은 도회의 공간을 떠도는 인물을 그리고 있으면서도, 그 내면화된 의식의 공간을 더욱 치밀하게 묘사하고 있는 셈이다.

구보씨의 하루 동안의 도시 산책에서 특기할 만한 것은, 그가 머물렀던 장소의 각별한 의미이다. 그는 모두 세 차례에 걸쳐 장곡천정 입구에 자리한 다방을 찾는다. 하루의 행보 가운데 세 번이나 같은 다방을 찾았다는 것은 구보씨의 도시 산책 자체가 갖는 배회徘徊와 유한有閑의 의미로 본다면 유별난 행동임을 알 수 있다. 이쯤 하면 구보씨야말로 이 다방의 단골손님이다. 물론 하릴없이 도시를 배회하며 그가 보여주는 다방이 1930년대 근대적 도시인 경성의 대표적 풍물이라는 것은 두말할 필요조차 없어 보인다.

한나절 동안의 다방 풍경은 어떠한가? 구보씨는 오후 두 시 무렵 다방을 처음 찾아온다. 전차를 타고 시가지를 한 바퀴 돌아본 직후의 일이다. 조선은행 앞에서 전차를 내린 구보씨는 장곡천정으로 향한다. 이런저런 생각에 지쳐 피로를 느끼기 시작한 그는 다방에 들러 한잔의 차가 마시고 싶어진다. 오후 두 시의 다방 안에는 많은 손님이 등의자에 기대앉아 있다. 그들은 차를 마시고, 담배를 태우고, 서로 이야기를 하면서 레코드를 듣고 있다. 그런데 그 손님들은 거의 다 젊은이들이다. 구보씨는 그들이 젊은데도 불구하고 이미 인생에 지쳐 있는 것처럼 느껴졌다. 그들의 눈은 광채를 잃었고 제각각의 우울과 고달픔을 하소연할 뿐이다. 구보씨는 한잔의 가배차珈琲茶와 담배를 청하고 구석진 등탁자藤卓子로 간다. 그는 차를 마시면서 자신에게 약간의 돈이 있다면 그 돈이 가져다줄 수 있는 온갖 행복을 손꼽아본다. 이 장면에서 한나절 동안의 다방은 한담의 장소이자 휴게의 공간이다. 이 공간에서는 누구나 한잔의 차를 마시며 자유로운 생각을 할 수밖에 없다. 한나절인데도 다방을 메우고 있는 손님은 일정한 직업 없이 빈둥대면서 시간을 보내는 당대의 유행어 그대로 모던 보이이거나 모던 걸에 해당한다. 삶의 희망을 잃은 것처럼 보이는 젊은이들의 모습이 경성의 우울을 말해준다. 구보씨는 다방에 혼자 앉아 친구를 생각하다가 밖으로 나온다.

  하루해가 저물 무렵, 다방 안은 어떻게 변했을까? 구보씨가 다시 이 다방으로 돌아온 것은 저녁 무렵이다. 그는 혼자서 대한문을 거쳐 남대문 바깥으로 나가 경성역까지 돌아본다. 도시의 항구인 경성역에 초라한 행색의 사람들이 가득하다. 그곳에서 여자 친구와 인천으로 데이트를 즐기러 가는 중학교 동창생을 만나 철도 그릴에서 음료수를 함께 마신 후 그들과 헤어진다. 그리고 다시 조선은행 앞으로 걸어온다. 친구에게 전화를 걸어 다방으로 나오라고 말한 뒤, 그는 바로 다시 그 다방에 들어선다. 아마도 퇴근 시간 무렵이니 여섯 시쯤이 아니었을까 생각된다. 저녁 무렵 다방의 분위기는 한낮과는 사뭇 다르게 바뀌어 있다. 구보씨는 신문사에 다니는 친구를 드디어 만난다. 시詩를 쓰지만 생활을 위해 사회부 기자로 활동하는 이 친구는 구보씨의 소설에 대해 관심이 많다. 두 사람의 문학에 관한 논의는 앙드레 지드를 거쳐 제임스 조이스의《율리시스》로 이어지지만 결코 만족스럽게 끝나지 않는다. 마침내 두 사람이 다방을 나왔을 때는 여름날의 저녁 황혼이 깃들어 있다.

밤의 다방은 또 어떤 모습일까? 구보씨는 집으로 들어가겠다는 친구와 헤어져 혼자서 종로 네거리까지 걷는다. 황혼에 젖어 도시 산책의 출발점으로 돌아온 것이다. 그리고 하얗고 납작한 작은 다료茶寮에 들른다. 그리고 거기서 찻집 주인과 만나 함께 대창옥의 설렁탕을 저녁으로 먹게 된다. 식사 후 그 친구는 다른 약속이 있다면서 나중에 다방에서 만나자고 한다. 혼자가 된 구보씨는 어둠이 내린 광화문 네거리를 돌아 다시 그 다방으로 향한다.

구보는 쓰디쓰게 웃고, 다방 안으로 들어선다. 사람은 그곳에 많았어도, 벗은 있지 않았다. 그는 이제 이곳에서 벗을 기다려야 한다. 다방을 찾는 사람들은, 어인 까닭인지 모두들 구석진 좌석을 좋아하였다. 구보는 하나 남아 있는 가운데 탁자에 가 앉는 수

밖에 없었다. 그래도, 그는 그곳에서 엘만의 '발스 센티멘털'을
가장 마음 고요히 들을 수 있었다.

_박태원,《소설가 구보씨의 일일》중에서

그러나 그 음악의 선율이 채 끝나기 전에 다방 안에서 엉뚱
하게도 중학 선배 한 사람을 만난다. "구보씨 아니오" 하며 인
사하는 그 사람은 생명보험 회사에 다닌다. 이 사내의 등장으
로 다방 분위기는 바뀐다. 그 사내는 엉뚱하게도 최독견의《승
방비곡僧房悲曲》과 윤백남의《대도전大盜傳》을 내세우면서 자신
의 문학적 식견을 자랑하려 든다. 구보씨는 밤 열 시가 넘어 친
구가 나타나자 바로 자리에서 일어나 다방을 나온다. 두 사람은
종각 뒤의 술집으로 발길을 돌린다. 그리고 새벽 두 시가 되어
서야 서로 헤어진다. 구보씨의 하루는 이렇게 마감된다.

*

구보씨가 세 번씩이나 들른 다방은 어떤 곳인가? 소설 속의
이야기를 따라가보면, 구보씨가 들렀던 다방은 위치상으로 당
시 실제로 존재했던 다방 '낙랑樂浪 파라'임을 짐작할 수 있다.
다방 낙랑 파라는 잡지《삼천리》의〈인텔리 청년 성공 직업〉

(1933. 10.)이라는 기사에 '동경미술학교 출신 이순석 씨의 끽다점'이라고 소개된 바 있다. 그리고 다음과 같이 설명한다.

대한문 앞으로 고색창연한 옛 궁궐을 끼고 조선호텔 있는 곳으로 오다가 장곡천정長谷川町 초입에 양제洋製 2층의 숙쇄瀟洒한 집한 채 있다. 입구에는 남양에서 이식하여 온 듯이 녹취綠翠 흐르는 파초가 놓였고 실내에 들어서면 대패밥과 백사白沙로 섞은 토질 마루 위에다가 슈벨트, 데 도리치 등의 예술가 사진을 걸었고 좋은 데생도 알맞게 걸어놓아 있어 어쩐지 실내 실외가 혼연 조화되고 그리고 실내에 떠도는 기분이 손님에게 안온한 침정沈靜을 준다. 이것이 낙랑樂浪파라다.

이 설명이 소설 속의 구보씨가 찾아든 다방과 그대로 들어맞는다.

낙랑 파라樂浪パ-ラ-라는 상호에서 '낙랑'은 말 그대로 역사 속의 낙랑樂浪에서 따온 것이라지만, 그 말 자체에는 '예술의 진취적 물결'이라는 뜻이 포함되어 있다. '파라'는 영어의 팔러 parlour를 일본식으로 음차 한 것이다. 응접실, 객실, 경식당 등을 의미하며, 특정의 상품을 서비스하는 상점이라는 뜻으로 사용

한다. 이렇게 본다면 다방 '낙랑 파라'는 새로운 예술의 물결이 모이는 응접실을 자처하고 있었던 셈이다.

낙랑 파라가 문을 연 것은 1931년으로, 이 다방의 주인은 동경미술학교에서 디자인을 공부하고 돌아온 화가 이순석(해방 후 서울대 미술대학 교수)이었다. 《삼천리》에 다방 낙랑 파라가 소개되면서 세인의 관심을 모으기도 했다. 이순석은 1924년 남대문상업학교를 마치고 일본으로 건너가, 1931년 동경미술학교 도안과를 졸업하였다. 귀국과 함께 동아일보 화랑에서 첫 개인전을 가졌으며 화신백화점 광고부에 입사하여 잠시 일하다가 다방을 개업했다. 다방의 2층에는 그의 개인 아틀리에(화실)를 꾸몄다고 한다. 다방 낙랑 파라에는 경성의 젊은 화가, 음악가, 문인들이 가장 많이 모여들었다. 연주회도 열리고 '문호 괴테의 밤' 같은 문인 회합도 열리는 하나의 살롱이 되었다.

낙랑 파라의 작은 공간은 1930년대 경성의 젊은 예술가들을 불러들인 아지트가 된다. 등나무 의자와 탁자를 늘어놓아 자유분방하게 연출된 홀에는 레코드를 통해 최신 음악이 흘러나왔다. 경성의 새로운 유행을 선도하던 화가와 음악가가 이곳에 모여들고, 문인들도 찾아오기 시작한다. 낙랑 파라에서는 작은 연주회뿐 아니라 미술 전시회, 문학의 밤 같은 행사가 이어진다. 그러니 한유閑裕를 즐기던 모던 보이와 모던 걸이 이곳의 예술적 분위기를 좋아할 수밖에 없었던 것이다.

당시 '다당여인茶黨女人'을 자처했던 여성 작가 이선희는 '낙랑 파라'의 분위기를 이렇게 적어놓고 있다.

나는 도회의 딸이다. 아스팔트의 딸이다.

티룸 이것의 탄생은 퍽이나 유쾌한 일이다. 활동사진에도 싫증이 난 내게 유일한 사교장이다. 일전 어떤 잡지에 찻집이 너무 많아서 차만 마시면 사느냐고 하기는 했지만.

장곡천정長谷川町으로 가다가 낙랑樂浪 파라 이 집을 내가 제일 좋아한다. 쏙 들어서면 그 화려하고 경쾌한 맛이라니. 현대인의 미감美感을 만족시킨다. 어쨌든 얼마 전 내가 시골에 다녀와서 처음으로 이 찻집에 갔을 때 어떻게 좋아했든지 같이 갔던 이가 요행 내 아저씨여서 연방 까불지 말라고 주의를 받은 일도 있다. 위선 빈자리를 골라 앉았다. 커피를 가져왔다. 가느다란 김이 몰몰 난다. 흑 들이켰다. 그 향기로운 맛이란- 그래 집에서 숭늉을 마시고 있어. 맞은편 벽에 반나체의 여인 초상화가 걸렸다. 보면 볼수록 눈을 옮길 수 없게 매력이 있다. 서양 배우의 푸로마이드도 뒤적거려 본다. 사람이 상당히 많이 왔는데, 그래 하루종일 시달리다가 몇십분 동안이라도 이렇게 쉬어야지 고부라진 신경이 펴질게다.

레코드가 돌아간다. 사람의 마음을 부드럽게 어루만져주는 그 음향-. 모두 다 잊어버리고 아름다운 그 노래에 마음껏 취하는 복된 순간이여-.

찻심부름 하는 아희! 참 깜찍하기도 하다. 외형보다 속이 너무 여무진데 놀랐다. 나이를 물어보니 아홉 살이나 열 살밖에 안 되어 보이는 군이 열네 살이란다. 흥 이 직업이 이 아희의 성장을 방해했다. 누구나 이 아해를 보면 이런 생각을 하지 않을 수 없을 것처럼 그는 직업적으로 별나게 되었다. 졸아든 모양이다.

이 차 한잔이 얼만지. 십 전? 오십 전? 몇 번 왔어도 뭐 찻값을 내가 내나. 여자에게서 찻값을 받는 사람이 어디 있담.

케이크를 포크로 꾹 찔러 먹었다. 갑자기 내가 몹시 올라가는 것 같다. 김치를 젓가락으로 먹는 것보다 한층 더 문화적임에 쾌감을 느낀다. 한 푼에 두 개짜리 값싼 인텔리 그중에도 팔자에 없는 허영을 찾는 나 같은 계집애- 그 머릿속이란 대중을 잡을 수 없는 것이다.

유쾌하고 즐거울 때면 세상은 차차로 「보까쓰」되어 오는 것이다. 서울은 파리와 같이 생각되고 조고만 다점도 세계에서 제일 큰 사교장같이 생각된다. 나는 그 가운데로 걷는 화형으로 자처하고-. 이리하야 화미華美와 향락욕의 절정에서 춤추는 것이다.

뽀이를 불러 신문을 청했다. 활동사진에 나오는 서양 뽀이의 차림새다. 그리고 또 미남인데. 미남을 뽀이로 선택한 것도 직업적 수단인가.

맞은편에 어떤 사람 하나가 앉아 있다. 친구도 없이 혼자 온 모양 인데 찻잔은 벌써 비어 있는 지가 오래고-. 네 활개를 여덟 팔자 로 쩍 벌리고 앉았는 모양이 일백 이십 분 이상인지 일백 팔십 분 이상인지 저 모양을 계속한 모양인데 나로서는 그 길이를 알 길 이 없다. 음악을 어느 만큼 아는지 몰라도 열심으로 듣고 있고 또 아주 흠씬 취한 것 같다. 그의 탄력 많은 신경은 이 밤의 모든 것 을 흡수할 때로 흡수해서 찻값 이십 전이나 삼십 전을 밑지지 않 겠다는 생각인가 보다.

그도 그럴 것이 집에라고 가야 별것이 없다. 재미는커녕 을씨년 스러워 들어갈 수부터 없다. 조고만 셋방에 늙으신 어머님 어린 애들이 뒤범썩을 치고 게다가 그리 탐탁치 않은 고생주머니 안 해가 있고… 김치 냄새가 후더분한 신선치 못한 방 안의 공기와 합해서 야릇하게 불유쾌한 냄새가 코를 찌르는 그 속에 화로에 서 보글보글 끓고 있는 된장찌개- 이런 것을 생각하면 그만 질 색이 나서 발길이 돌아선 것이다. 찻집! 이것은 우리에게 현대 의 감각을 자극시키는 매개장이 아니야. 이만한 데만 와도 훨씬 명랑한 기분을 맛보는 소득이 있다. 그리하야 그 귀중한 돈 이십 전이나 오십 전을 아낌없이 내놓는 것이다. 만일 그 돈을 오늘 아침 그의 안해에게 맡겼던들 늙은이 아이들 또 그 현숙한 안해 자기까지 하다못해 고깃국이나 생선 한 도막이라도 얻어먹었을 것을-.

그러나 그런 것까지 생각하면 남자가 궁해서 못쓰는 법이고 또 노-모던이 되어서 안 되는 것이니 호주머니의 단 몇십 전이라도 있어든 찻집으로 가거나 식당에라도 가서 라이스 카레 한 그릇이라도 먹으면 뱃속은 어떻든지 기분 그놈의 기분만은 백이십 퍼센트로 유쾌하리라.

차 한잔 또 청했다. 나는 단연히 이 사교장의 여왕이나 된 것 같은 자부심이 생긴다. 그리고 미칠 듯이 기쁘다. 레코드가 돌아간다. 나는 언제까지나 심야파深夜派가 되고 언제까지나 이 다당茶黨여인으로 행세할 것인가.

#방란장의 예술가들

방란장芳蘭莊.

'난초 향기 그윽한 집'이라는 뜻이다.

소설가 박태원이 가구假構의 언어로 지어낸 끽다점이 '방란장'이다. 동네에 생겨난 작고 소박한 찻집 방란장의 주인은 젊은 화가다. 방란장에는 주변의 가난한 예술가들이 모여든다. 이들은 모두가 특별한 생업이 없이 자기 나름대로 새로운 예술을 꿈꾼다. 그러나 이들 가운데 변변하게 자기 예술을 내세울 만한 사람은 없다. 형편이 그러하니 그곳에서 그윽한 난초의 향기를 기대할 수 없는 일이다.

방란장은 애당초에 돈벌이를 위한 장사가 아니었다. 수중의 적은 돈으로 방란장을 개업한 젊은 화가는 팔리지 않는 자신의 그림으로 실내장식을 꾸몄다. 한 동리의 불우한 예술가들이 서로 만나는 구락부처럼 이용할 수 있다는 말에 감동하여, 시를 쓰는 자작子爵은 자기가 애용해온 수제형手提型 축음기와 이십여 장의 레코드판을 이 다방에 기부하였다. 소설가 지망인 만성이는 또 어디서 어떻게 수집했는지 모르지만 크고 작은 칠팔 개의 재떨이를 들고 왔다. 그리고 작가인 수경 선생은 난초 화분 하나를 손수 운반하여 가지고 와서 다방의 이름을 방란장芳蘭莊이라 정해주었다. 이 조그마한 다방의 탄생 그 이면에는 이렇듯 아름다운 이야기가 숨어 있다.

방란장이 문을 열자 처음에는 손님도 제법 많이 찾아든다. 서툰 장사였지만 젊은 화가는 자신이 저질러놓은 새로운 사업에 자신감이 붙는다. 방란장의 출발을 조심스럽게 지켜보던 예술가들은 모두가 젊은 주인을 대견스럽게 생각한다. 그런데 머지않아 문제가 생긴다. 이웃에 크게 새로 단장한 카페 모나미가 등장하면서 방란장에 손님의 발길이 끊긴 것이다. 소박하다고 하기에는 오히려 초라하기까지 한 이 작은 다방에 손님이 없으니, 더욱 그 분위기가 스산해질 수밖에 없다. 집세를 내기조차 어려워지면서 다방 운영 자체도 점차 힘들어진다. 방란장 주인은 마음이 심란하다. 이곳을 자기 집처럼 드나들던 수경 선생은 물론 만성이와 자작도 마음이 무겁기는 마찬가지다.

방란장의 젊은 주인은 끽다점에 손님의 발길이 점점 뜸해지면서 매상이 오르지 않고 수입이 줄어들자, 끽다점의 여종업원 '미사에'에 대한 걱정이 태산이다. '미사에'는 수경 선생의 천거로 방란장에서 일하고 있는 여성이다. 매달 월급으로 10원을 약속했지만 주인은 끽다점 운영이 여의치 않자 그녀에게 월급을 제대로 주지 못한다. 그럼에도 불구하고 미사에는 손님이 없어도 아침부터 저녁까지 끽다점을 열심히 지켜줄 뿐만 아니라 젊은 주인의 안팎일들을 도맡아했다.

　처음 몇 달은 괜찮았지만 방란장의 형편이 어려워지면서 거의 두 해가 되도록 월급이 밀린 상태였다. 주인은 그녀에게 이런 상황에 대해 말하면서 다른 직장을 알아보는 게 어떨까 하고 말을 꺼냈다. 그런데 미사에는 오히려 자기가 무얼 잘못했으면 용서해달라며 울상이다. 이러한 그녀의 소박함과 순수함 때문에, 젊은 주인은 집세 독촉을 당하면서도 미사에의 밀린 월급 문제가 더 다급하다 여긴다.

　젊은 주인은 이런 딱한 사정을 수경 선생과 상의한 적도 있다. 그러자 수경 선생이 묘안이라면서 뜻밖의 제안을 내놓는다. 수경 선생은 젊은 주인에게 미사에와 결혼하는 것이 어떠하냐고 묻는다. 이 말에 주인은 놀라면서도 혹시 수경 선생이 자신과 미사에에 대해 무언가 의심하는 것은 아닌지 걱정에 휩싸

113

인다. 게다가 젊은 두 남녀가 늘 방란장에 붙어 있으니 혹시 동리에 무슨 소문이라도 이상하게 나돌까 봐 걱정스러워한다.

미사에는 시골에서 소학교를 나온 후 수경 선생 댁의 가정부로 일했던 것 말고는 내세울 만한 경력도 없었고, 무엇보다 자랑할 만한 미모를 가진 것도 아니었다. 그녀는 방란장을 떠날 생각이 전혀 없었다. 어쩌면 이런 여인이 가난한 화가인 자신에게 더 어울릴 수 있다는 생각에 이르자, 젊은 주인은 마음이 조급해진다. 주인은 이런저런 궁리 끝에 수경 선생 댁을 찾아 나선다. 무슨 새로운 계책이 나올 수 있는 상황은 아니었지만, 그래도 수경 선생의 이야기를 다시 듣고 싶었기 때문이다. 새로운 소설을 구상한다면서 며칠째 모습을 보이지 않는 수경 선생이 궁금하기도 했다.

그런데 방란장 주인은 수경 선생의 집 앞에 선 채 안으로 들어가지 못한다. 집 안에서 그 부인이 수경 선생을 호되게 닦달하고 있었기 때문이다. 수경 선생은 억척스런 부인의 바가지에 꼼짝도 못 한다. 중년의 부인이 점잖은 남편에게 아무것이나 마구 내던지고 깨뜨리면서 나대는 무서운 꼴을 보면서 방란장의 주인은 달음질치듯이 그곳을 벗어난다. 그리고 자기 혼자서는 아무것도 할 수 없다는 사실에 쓸쓸함을 느낀다.

소설가 박태원이 그려낸 소설 〈방란장 주인〉을 읽다 보면, 방란장의 주인공이 누구일까를 먼저 생각하게 된다. 가난한 젊은 화가가 주인이라지만 방란장의 주인공일 수는 없다. 나는 여종업원 '미사에'가 방란장의 진정한 주인공이라고 생각한다. 그녀야말로 방란장의 한 포기 난초이자 방란장의 소박한 향취이며, 방란장이 근거해야 하는 터전이다. 박태원은 다방 방란장을 통해 화려한 살롱 문화의 등장을 예고한 게 아니다. 방란장이 처하게 된 존폐의 위기는 경제적인 문제가 결정적이다. 이것은 물질주의의 확대와 자본의 횡포로 인하여 현실에서 밀려나게 되는 '예술'의 위기와 일맥상통한다. 하지만 방란장은 미사에의 순수한 마음과 그 소박함을 바탕으로 살아남을 수 있는 것

이 아닌가.

*

    소설가 박태원은 서울 토박이로 경성 제일고를 나왔고 일본 호세이대학에서 영문학을 공부했다. 그는 1930년 단편소설 〈적멸〉,〈수염〉,〈꿈〉 등을 발표하면서 문단에 등단했다. 그리고 이태준, 정지용, 김기림, 조용만 등이 결성한 구인회에 가입하면서 작가로서의 문단적 지위를 확고하게 정립하기 시작하였다. 그는 화제작인《소설가 구보씨의 일일》(1934)을 내놓았으며, 장편소설《천변풍경》(1936),《여인성장》(1941) 등을 발표하여 문단의 주목을 받았다. 박태원은 등단 직후부터 주로 도시를 배경으로 개인의 일상을 그려내면서, 그 내면 의식의 추이를 다양한 서술 기법을 통해 포착하고 있다. 그렇기 때문에 그의 소설 속의 등장인물은 집단적인 이념이나 가치에 얽매이기보다는 일상을 배경으로 개별화된 내면 의식을 드러낸다.

    박태원의 소설이 도회적인 것을 배경으로 삼았다는 점은, 이 시기에 이르러서야 한국소설이 도시적 풍물을 소설적 무대로 구체화시킬 수 있었다는 것을 의미한다. 도시적 공간이라는 소설적 무대는 그의 소설에서 단순한 배경적 요건으로 활용되고 있는 것만은 아니다. 도시의 확대와 각종 새로운 직업의 등장, 도시의 가정과 가족의 해체, 물질주의적 가치관의 팽배 현상, 환락과 고통의 변주, 소외된 개인과 반복되는 일상 등과 같은 모든 것이 1930년대 도시 생활의 변모와 함께 그 다양한 분화를 보여준다.

박태원이 구인회의 기관지《시와 소설》에 발표한〈방란장芳蘭莊 주인〉(1936)은 새로운 모더니즘의 서사 미학을 실험적 형식을 통해 보여주는 문제작이다. 이 작품은 이야기 자체가 작가 자신의 경험적 일상을 기반으로 하는 '사적私的 요소'로 채워져 있는데, 전체 스토리를 하나의 문장 속에 담아내는 특이한 서술 구조를 보이고 있다. 이 소설의 맨 마지막 장면은 주인공이 황혼이 깃든 가을 벌판에 혼자 서서 자기 힘으로는 도저히 어찌할 수 없는 고독감을 느끼게 된다는 대목이다. 그런데 전체를 한 개의 문장으로 이어 쓴 이 작품의 통사 구조를 보면, 마지막 구절이 전체 문장의 주절主節 역할을 담당한다. 소설 속에서 중요한 서사적 요건이 바로 이 주절을 통해 함축적으로 표현되고 있기 때문이다. 주인공이 주체할 수 없는 고독감에 빠져든 이유는 방란장에 얽힌 복잡한 사연을 서술하고 있는 종속절의 내용을 통해 확인이 가능하다.

박태원이〈방란장 주인〉에서 시도한 것처럼, 소설에서 그려내고 있는 이야기를 하나의 문장으로 표현하고자 하는 이 특이한 서술 방법은 한국 근대소설에서는 찾아보기 어려운 사례에 해당한다. 이상이 자신의 시에서 행을 구분하지 않고 전체 텍스트를 한 개의 긴 문장으로 이어 쓴 경우는 있지만, 소설에서 이러한 방식을 취한 작품은 〈방란장 주인〉이 유일하지 않나 생각된다. 하나의 스토리를 한 개의 문장으로 서술하고자 하는 박태원의 의도적인 기법을 '장문화長文化'의 방식으로 이해하고자 하는 연구자들도 있지만, 이것은 문장의 길이라든지 문장 구성 등과 같은 문체론적 특성만으로 설명하기 어려운 일이다. 소설의 이야기를 하나의 문장으로 서술한다는 것은 대상에 대한 서술 자체를 여러 개의 문장으로 분절하지 않는다는 것을 말해준다.

　일반적으로 소설에서는 하나의 이야기를 서술하기 위해 수많은 문장을 동원하기 마련이다. 하지만 박태원은 소설 〈방란장 주인〉을 오직 하나의 문장으로 표현하기 위해 일체의 분절을 거부한다. 모든 어구는 연결어미 또는 접속어로 이어져 있다. 한국어 표현에서 동원 가능한 모든 종류의 연결어미와 접속어가 이 소설에 등장한다고 할 수 있을 정도이다. 이러한 표현법은 인간의 의식 속에서 이루어지는 사고思考 작용의 연속성을 그대로 표현하고자 하는 의욕에서 비롯된 것이라고 할 수 있다. 언어를 문자로 표기할 경우 모든 어구와 문장은 의미상의 혼동을 피하기 위해 시각적으로 분절된다. 한국어로 된 문장의 경우, 모든 단어를 띄어 쓰고 문장의 종결이 이루어지면 반드시 마침표로 표시한다. 그러나 인간의 의식 속에서 이루어지는 모든 사고 내용은 분명한 분절이 이루어지는 것도 아니고 휴지부를 통해 그 종결을 표시하는 것도 아니다. 모든 생각과 느낌은 끊임없이 이어진다. 박태원은 바로 이 같은 사고 작용의 지속성 자체를 하나의 문장으로 구현하고자 했던 셈이다. 특히 이 소설이 인물의 대화 없이 서술적 지문으로만 구성되어 있는 점도 단일 문장의 통사론적 특성을 활용하기 위한 기법적 고안이 아닌가 생각된다.

그런데 〈방란장 주인〉의 이야기는 단편소설 〈성군星群〉(1937)으로 이어지면서 특이한 상호 텍스트적 관계를 유지한다. 미사에는 어엿한 방란장 주인의 아내가 되었고 배 속에는 다섯 달 된 생명이 있었다. 그녀는 자기가 나가서 돈을 벌겠다고 하지만, 주인은 아내를 남의 집 고용살이를 시키고 자기는 예술이니 미술이니 하고 있을 수만은 없었다. 방란장의 예술가들은 모두 '예술을 위하여 우선 빵 문제를 해결해야 한다'고 하면서, 글을 쓰고 그림 그리는 사람들이 모였으니 장식이나 도안을 하고, 광고 문안을 쓰고, 그리하여 인쇄업을 하자는 의견도 내놓는다.

현실과의 타협 없이 예술 자체가 존립하기 어렵다는 판단이지만, 예술은 그 자체로서의 존재 가치를 부인하기에도 어려운 일이다. 이러한 판단은 소설의 마지막 장면에서 극적으로 처리된다.

#다방 아네모네의 마담

1930년대 경성의 '모던 취향'은 다방이다. 다방을 중심으로
갖가지 이야기가 여기저기 화제다. 대중잡지 《삼천리》에 다방
의 마담들이 초대되어 좌담을 할 정도였으니 그 인기를 알 만하
다. 영화배우 복혜숙이 마담으로 일했던 '비너스', 영화배우 이
연실이 마담이었던 '낙랑', 가수 강석연이 자리했던 '모나리자'
등이 당연히 장안의 화제가 되었던 것은 물론이다.

복혜숙은 이화학당을 졸업한 당대의 모던걸이다. 일본에 건
너가 요코하마 기예학교에서 수예를 단기 수학했지만 배우에
대한 꿈을 키우면서 1920년 신극좌新劇座에 입단하여 한국 최초
의 여배우로서 연기 생활을 시작했다. 복혜숙이 영화에 첫 출연
을 한 것은 이규설 감독의 〈농중조籠中鳥〉(1926)였다. 그 뒤 이구

영 감독의 〈낙화유수落花流水〉(1927), 김영환 감독의 〈세 동무〉 (1928) 등에 주연을 맡으면서 인기를 모았다. 복혜숙이 다방 비너스의 주인공이 된 사연은 자세히 알려져 있지 않다. 한국 최고의 여배우인 그녀가 비너스의 문을 연 것은 그 시기가 대략 1930년대 초반으로 추측된다. 비너스는 인사동 입구에 자리 잡고 있었는데, 여배우 복혜숙이라는 이름 하나로 손님을 끌기에 충분했다. 다방 마담으로 일하는 복혜숙을 보려고 많은 사람이 이 다방을 찾았다.

복혜숙이 당시를 회고하는 글을 보면 비너스를 찾는 손님 가운데에는 그녀의 동료 배우들이 많았다. 대중극단에서 활동하고 있던 배우 심영, 서월영, 차홍녀, 지경순 등이 자주 이 다방을 들렀다. 그리고 소설가 현진건을 비롯해 화가인 노수현(심전), 구본웅(서천), 이상범(청전) 등 예술인들이 단골손님이었다는 것이다. 비너스에서는 당시 조선이나 일본에서 유행하던 가요도 레코드를 통해 감상할 수 있었다. 손님들을 위해 다방 안에 극장의 포스터도 붙여두었을 뿐 아니라 《조선일보》,《매일신보》등의 신문과 《삼천리》,《조광》,《여성》등의 대중잡지도 비치해두었다.

*

소설가 주요섭이 그려낸 〈아네모네의 마담〉(1936)은 다방이
라는 공간을 이야기의 무대로 삼고 있다. 다방 아네모네의 주인
공은 미모의 마담이다. 마담의 이름은 '영숙'이다. 어느 날 마담
이 귀고리를 달고 홀에 나서자 손님들이 모두 그 아름다움을 보
고 찬탄한다. 손님들에게 찻잔을 올리기 위해 머리를 숙일 때마
다 귀고리의 자줏빛 보석이 흔들리며 반짝거린다. 영숙의 귓가
에는 그 보석이 부딪는 소리가 맑다. 단골손님 가운데에는 영숙
의 모습을 보고 오늘은 귀부인의 자태라면서 추켜세운다. 짓궂
은 손님은 영숙에게 실없이 다가와서는 귀고리가 곱다며 그녀
의 뺨을 슬쩍 만지기도 한다. 영숙은 이런 손님들의 반응이 싫
지 않다.

아네모네의 마담 영숙이가 자신의 맵시에 신경을 쓰면서 귀
고리까지 치장한 데에는 아무도 모르는 사연이 숨겨져 있다. 그
녀는 기다리는 손님이 있었다. 그녀가 기다리는 손님이란 까만
사각모를 쓴 전문학교 학생이다. 갸름한 얼굴에 창백한 표정으
로 이 다방을 자주 들렀지만 이름은 알 수 없다. 마담이 조바심
을 내며 기다리고 있는 사이, 그 학생 손님이 혼자서 다방에 들
어선다. 영숙은 얼른 화장실로 들어가 얼굴에 분첩을 두어 번
두드리고 곱게 달려 있는 귀고리를 만진다. 그러고는 다시 카운
터로 와서 홀을 돌아본다. 그 학생 손님이 혼자 좌석에 앉아 영

숙을 쳐다보고 있다. 무엇인가를 강하게 열망하는 듯한 눈빛으로 영숙을 뚫어져라 주시하고 있는 것이다.

이 손님이 다방 아네모네에 찾아오기 시작한 것은 한 달 전의 일이다. 다방에서 심부름을 하는 보이가 손님이 주는 것이라며 영숙에게 종이 한 장을 전했다. 그 손님은 구석 자리에 혼자 앉아 있던 사각모자에 전문학교 교복을 입은 학생이었다. 얼굴은 창백했지만 강렬한 눈빛이 인상적이었다. 그 학생이 영숙에게 보낸 종이에는 '슈베르트의 〈미완성 교향곡〉을 틀어주시면 고맙겠습니다'라는 한 문장이 또박또박 적혀 있었다. 슈베르트의 〈미완성 교향곡〉은 '미완성'이라는 말 그대로 4개 악장을 갖추어야 하는 교향곡인데도 제1, 2악장으로 구성되어 있다. 제3악장은 처음의 9절만이 오케스트라 모음악보로 남아 있고 제4악장은 전혀 쓰인 흔적이 없다. 슈베르트가 25세 되던 해인 1822년부터 작곡을 시작한 것인데, 왜 미완성인 상태로 끝이 났는지는 알 수가 없다. 하지만 이 교향곡은 제1악장과 제2악장만으로도 조화로운 아름다움을 들려줌으로써 낭만파 교향곡 중 걸작으로 꼽히고 있다. 마담은 축음기에 〈미완성 교향곡〉의 레코드판을 올리고 음악이 흘러나오기를 기다린다.

전문학교 학생은 아네모네에 오면 언제나 슈베르트의 〈미완성 교향곡〉을 들려달라는 쪽지를 마담에게 건네준다. 그리고 음악이 흘러나오면 열정의 눈빛으로 마담이 있는 카운터 쪽을 쳐다보고 앉아 있다. 마담은 그 학생의 눈빛에 수줍음을 느끼다가도 차츰 야릇한 흥분에 휩싸인다. 이런 일이 반복되자 마담은 그 학생이 다방에 들르는 날에는 기다렸다는 듯이 〈미완성 교향곡〉을 틀었다. 마담은 자기를 연모하면서도 말도 못하고 있는 전문학교 학생이 딱하기만 하다.

슈베르트의 〈미완성 교향곡〉에서 남겨진 제3, 4악장에 얽힌 숨은 이야기는 1934년에 상영된 영화 〈미완성 교향곡〉을 통해 허구의 장면들로 채워진다. 가난한 슈베르트가 학생들을 가르치며 근근이 생활하던 중에 공주가 주최하는 궁중 음악회에 연주자로 발탁된다. 그가 심혈을 기울여 작곡한 교향곡을 청중들 앞에서 시연하는 날, 곡이 절정으로 치달아가는 중에 젊은 여성의 웃음소리가 청중석에서 터져 나온다. 슈베르트는 순간 집중력을 잃으면서 연주를 망치고 만다. 연주회를 망쳐놓은 여성은 백작의 딸이다. 슈베르트는 그녀를 탓하며 연주회장을 뛰쳐나간다. 이로 인해 그는 더욱 설 자리가 없어진다.

그런데 얼마 후 슈베르트는 음악 선생님으로 초빙하고 싶다는 백작의 제의를 받는다. 그리고 그곳에서 지난번 연주회를 망치게 한 그녀가 나타나 정중하게 사과를 한다. 슈베르트는 그녀를 용서하고 음악 교습을 하면서 사랑에 빠지고 만다. 하지만 그 사랑은 이루어질 수 없었다. 백작의 딸과 가난한 음악가의 결합이란 있을 수 없는 일이었다. 결국 그녀는 슈베르트를 버리고 귀족과 결혼하게 된다.

슈베르트는 사랑의 아픔을 달래려고 작곡에 매진하면서 그녀를 위해 미완성이던 교향곡을 완성한다. 그리고 이 교향곡을 그녀의 결혼식 축가로 연주하게 된다. 그런데 슈베르트의 연주를 듣던 신부가 감정이 북받쳐 올라 그만 기절하고 만다. 그 바람에 교향곡의 연주가 중단된다. 슈베르트는 자신이 완성한 교향곡의 뒷부분을 찢어버린다. 언젠가 그녀가 자신을 다시 찾을 때, 교향곡 전체를 그녀에게 들려주겠다고 혼자서 다짐하는 것이다. 이 영화는 식민지 시대 경성의 극장에서도 상영되어 많은 사람의 심금을 울렸다.

다시 〈아네모네의 마담〉으로 돌아가보자. 어느 날 그 학생이 다방 아네모네에 다시 나타난다. 마담은 기다렸다는 듯이 슈베르트의 〈미완성 교향곡〉을 다시 들려준다. 아름다운 선율이 다방 내부에 가득 흘러가던 중에 친구와 함께 구석 자리에 앉아 있던 그 학생이 갑자기 고함을 지르며 발작을 일으킨다. 그리고 카운터 쪽으로 뛰쳐나와 무언가를 던져 깨뜨린다. 마담은 너무 놀라서 정신을 잃을 지경이 된다. 그 학생의 친구가 가까스로 그를 밖으로 끌고 나간다.

한참 뒤 그 친구가 다시 나타나 정중하게 사과하면서 학생에 관한 이야기를 들려준다. 학생은 교수의 부인을 열렬히 사랑하고 있었지만, 그것은 이루어질 수 없는 애달픈 사랑이었다. 어느 날 부인의 건강이 나빠져서 병원에 입원하게 되고, 학생은 부인에 대한 사랑의 아픈 감정을 달래기 위해 다방 아네모네에 들러 슈베르트의 〈미완성 교향곡〉을 들었던 것이다. 그리고 다방 카운터의 벽에 교수 부인의 아름다운 모습과 그대로 닮은 모나리자 그림이 붙어 있었다는 것이다. 바로 마담이 서 있던 자리의 뒷벽이다. 그런데 오늘 그 부인이 병원에서 세상을 하직했단다. 그 학생이 슬픈 가슴을 안고 다방에 들렀는데, 〈미완성 교향곡〉을 다시 듣게 되면서 발작을 일으킬 수밖에 없었다는 것이다.

*

소설 〈아네모네의 마담〉은 빗나간 사랑 또는 사랑의 오해라는 주제를 희화적으로 그려낸다. 이 소설의 이야기는 그 자체가 하나의 해프닝에 불과하다. 다방 아네모네에는 최고의 하모니를 자랑하는 슈베르트의 〈미완성 교향곡〉이 언제나 흘러넘치고 카운터 벽에는 동서고금을 통해 가장 아름다운 미소를 머금고 있다는 레오나르도 다빈치의 걸작 〈모나리자〉도 걸려 있다. 그리고 이 음악과 그림 속에 빗나간 사랑을 담아낸다. 물론 그 사랑에 대한 오해가 한바탕 실소를 자아내게 함으로써, 다방이라는 공간이 만들어내는 여흥과 그 뒷이야기의 재미를 놓칠 수가 없다.

#밀다원 시대

밀다원蜜茶苑은 하나의 작은 공간이다. 이 작은 공간이 한 시대를 오롯이 담아내고 시대의 삶을 그대로 표상한다. '밀다원 시대'라는 말은 바로 여기서 비롯되었다. 공간이 시대를 담아내는 것은 흔한 일이다. 하지만 특정한 시대 속에 하나의 공간이 구체적인 장소로 기록되는 경우는 별로 많지 않다. 더구나 역사적 사건의 장소가 아닌 다음에야 누가 그곳을 제대로 기억하겠는가?

1950년 6.25 전쟁 당시 부산 광복동 네거리에서 시청 쪽으로 향한 길가 2층 건물에 작은 다방 '밀다원'이 있었다. 당시 부산은 20만 정도의 인구가 모여 살던 도시였다. 그런데 이곳으로 백만이 넘는 피난민들이 밀려들었다. 사람들은 이제 더 이상 피할 수 없는 땅끝, 한반도 남단의 항구도시에 도달했다. 이 절박한 피난지에서의 삶이 사람들의 기억 속에 하나의 특이한 공간으로 각인된 장소가 바로 다방 '밀다원'이다.

다방 '밀다원'에는 6.25 전쟁 당시 부산에 모여든 피난민들의 삶이 오롯이 담겨 있다. 전쟁을 피해서 밀려 내려온 사람들은 궁핍한 현실을 피하려고 밀다원으로 모였다. 따라서 이곳은 거대한 피난의 물결이 그대로 멈춰 하나의 응어리가 되었다. 사람들은 밀다원에서 만나 자신의 피난 체험을 털어놓으면서 삶의 고통을 잠시나마 잊으려고 했다. 그리고 거기서 유일한 동질감을 느꼈다. 살아남은 자신의 존재감을 확인했던 것이다.

*

다방 밀다원에서 작곡가 윤용하와 시인 박화목이 만났고, 둘의 만남으로 유명한 가곡 〈보리밭〉이 만들어질 수 있었다. 시인 박화목은 겨울을 이겨낸 싱그러운 보리밭을 상상했다. 그리고 그 사잇길로 걸어가는 자신의 쓸쓸한 모습을 다음과 같이 그렸다.

보리밭 사잇길로 걸어가면

뉘 부르는 소리 있어 나를 멈춘다

옛 생각이 외로워 휘파람 불면

고운 노래 귓가에 들려온다

돌아보면 아무도 보이지 않고

저녁놀 빈 하늘만 눈에 차누나

이 싱그러움과 쓸쓸함의 특이한 정서에 몰입할 수 있는 노랫가락을 입힌 사람이 바로 작곡가 윤용하였다. 윤용하는 음악을 정통으로 공부한 사람이 아니었다. 황해도 태생인 그는 가톨릭 신자였던 부모를 따라 만주로 이주하여 거기서 자랐다. 어릴 때부터 성가대에서 노래하고 지휘를 하면서 음악을 배웠다. 프랑스 신부는 그의 뛰어난 재능을 알아보고는 일본으로 유학하여 정식으로 음악을 공부하도록 권유했다. 그러나 그의 부모는 '자식을 왜놈 땅에 보낼 순 없다'면서 이를 거절했다.

윤용하와 박화목은 1951년 부산에서 만났다. 박화목은 당시 종군 기자였고, 윤용하는 해군 악대 소속이었다. 둘은 연배도 비슷했고 황해도가 고향이라는 공통점이 있었다. 가난했던 젊은 시인과 음악가는 부산 광복동 뒷골목의 선술집과 다방 '밀다원'을 드나들면서 절망의 삶을 달래야만 했다. 윤용하는 음악가를 자처했지만, 사실 그의 존재를 인정해주는 사람들은 별로 없었다. 그는 보통학교를 겨우 졸업했을 뿐이었다. 일본 유학을 통해 서양음악을 배운 음악가들이 행세하던 시절에 그는 결코 음악계의 주류가 될 수 없는 외로운 작곡가였다. 물론 그 자신도 주류 속에 끼어들기를 거부했다. 하지만 음악에 대한 꿈은 대단한 것이었다. 박화목이 쓴 〈옛 생각〉이라는 시를 보고 윤용하는 〈보리밭〉이라는 제목으로 바꿔 곡을 썼다. 잔잔한 멜로디로 시작되는 〈보리밭〉의 곡조는 서정적인 가사와 잘 어우러지며 가슴을 파고드는 선율이 되었다. 그리고 그것은 곧바로 한국 가곡의 역사에 남는 아름다운 노래로 사람들에게 널리 불리게 되었다.

*

광복동 네거리의 다방 밀다원은 가난한 화가 이중섭이 고통 속에서도 미술에 대한 꿈을 지켜냈던 생의 공간이었다. 피난민 대열 속에 끼어 부산으로 내려온 이중섭은 밀다원에서 화가 김환기, 백영수, 장욱진 등과 조우했다. 그들은 고통의 삶 속에서도 화가로서의 자기 존재를 버리지 않았다. 어두운 다방 구석에 둘러앉아 예술을 논하고 창작욕을 불태우면서 서로를 격려했다. 이중섭의 유명한 은박지 그림들은 이곳 밀다원의 어두운 구석에서 그려졌다.

일본 유학을 통해 미술적 재능을 키웠던 이중섭은 1943년 귀국하여 원산에서 삶의 터전을 잡았다. 문화학원 시절의 후배이자 그의 일본인 애인이었던 야마모토 마사코가 현해탄을 건너 원산을 찾았고, 둘은 결혼을 했다. 마사코는 이남덕으로 이름을 바꾼 후 가난한 화가 이중섭과 신혼살림을 차렸다. 원산사범학교 교원으로 생활하고 있었던 이중섭은 6.25 전쟁이 터지자 가족과 함께 월남했다. 그러나 그를 기다리고 있었던 것은 자유로운 창작 생활이 아니라 견디기 어려운 궁핍한 생활이었

다. 그의 부인은 가난에 시달리다가 1952년 두 아들과 함께 일본으로 떠났다.

이중섭은 가족과 헤어진 후 부산에서 화가 김환기, 백영수, 장욱진 등과 어울렸고, 제주, 통영, 진주, 대구 등지를 전전하며 그림을 그렸다. 하지만 그림물감도 캔버스도 구할 수가 없었다. 그는 다방 구석에 앉아 담뱃갑 속의 작은 포장용 은박지를 화폭 대신 쓰기도 했다. 은박지 위에 송곳이나 나무 펜으로 아이들이 물고기와 어우러져 노는 장면이나 단란한 가족의 모습을 담았다. 경쾌하면서도 유연한 필선에서 살아 있는 생명감을 느낄 수 있는 그의 은박지 그림은 이른바 '선묘화線描畵'의 특성을 간결하게 살려낸 독창적인 그림이었다. 그의 은박지 그림 3점은 현재 뉴욕현대미술관The Museum of Modern Art에 소장되어 있다.

화가 백영수도 피난지에서의 개인전을 다방 밀다원에서 열었다. 가난에 지친 삶과 고통 역시 밀다원에서 털어버리고 새로운 예술의 꿈을 얻었다. 이곳에서 신산스런 피난살이의 고통을 잠시 잊고 삶의 새로운 가능성을 발견했던 것이다. 그러므로 '밀다원'은 이름 그대로 '꿀물이 흐르는 찻집'이 되었다.

*

다방 밀다원은 김동리의 소설 〈밀다원 시대〉(1955)를 통해서 그 공간의 기억을 간직할 수 있게 되었다. 지금 세계적인 항구 도시가 된 부산에서 다방 밀다원의 자취는 찾아볼 수 없다. 소설 〈밀다원 시대〉의 '밀다원'은 평범한 작은 다방이 아니었다. 피난 시절의 부산 광복동 네거리에 매일같이 모여들었던 사람들은 대부분 가난한 예술가들이었다. 부산 피난 시절, 밀다원의 바로 아래층에 문총(한국문화예술총연합회)의 임시 사무실이 있었는데, 그래서 더욱 예술인들의 발길이 잦았다. 전란 통의 삶 자체가 하루하루 전쟁이었지만, 그래도 사람들은 밀다원에 들어서면 자기 존재의 의미를 알아차렸다. 소설 〈밀다원 시대〉에서 주목하고 있는 것도 바로 이 점이었다고 할 수 있다.

　소설 〈밀다원 시대〉에는 가난한 소설가 이중구가 등장한다. 소설가 이봉구(1916~1983)가 그 모델이었다는 것은 이미 널리 알려진 사실이다. 이중구는 서울을 떠나 피난길에 오르면서 병든 노모를 이웃에 맡길 수밖에 없었다. 그는 떨어지지 않는 발길을 돌리면서 한강을 건넜다. 그리고 아내와 자식들도 충청도 시골의 처가에 보내고는 혼자서 부산을 떠밀려 내려온다. 그가 낯선 부산 땅에서 멈춰 찾아간 곳이 바로 '밀다원'이다. 밀다원의 좁은 공간을 찾은 사람들은 마치 꿀을 찾아 잉잉거리며 모여든 벌 떼 같았다. 그곳에는 문학이 있고, 미술이 있고, 음악이 있었다. 그리고 그 예술의 꿈을 버리지 못하고 있는 사람들의 숨결이 모여 있었다. 소설 속의 비평가 조현식은 실제 인물 조연현을, 오정수는 소설가 오영수라는 것을 알 수 있다.

소설 〈밀다원 시대〉는 이처럼 부산 피난 당시 예술가라는 특정 계층을 중심으로 그들이 겪었던 고통의 시대를 그대로 재현하고 있다. 작가 자신이 그려내고 있는 인간상의 적나라한 모습에도 불구하고 이 소설에서 가장 중요한 것은 '밀다원'이라는 다방의 공간 그 자체다. 삶과 예술, 절망과 고통, 사랑과 비애, 배신과 갈등 등이 모두 함께 녹아들어 있는 이 특이한 공간은 바깥세상에서 전개되고 있던 전쟁과 상관없이 강한 정서적 유대감으로 여기 모여든 예술가들을 한데 묶어놓는다. 밀다원은 이들의 마음을 따뜻하게 품어주고, 의식주마저 제대로 해결하지 못한 채 허덕이는 이들을 훈훈하게 보듬어준다. 결국 작가는 피난지 속에서 발견한 밀다원을 하나의 유별난 안식처로 그려놓고 있는 셈이다. 하지만 밀다원은 가난한 시인 박운삼의 자살로 그 시대적 역할을 마감한다. 문학이 지향하는 이상의 세계와 전쟁으로 피하기 어려웠던 고통스런 현실 세계 사이에서 고뇌하던 시인은, 두 개의 원고 뭉치와 한 편의 마지막 유작시를 남긴 채 이 안식의 공간에서 스스로 생을 마감한다. 그리고 바로 여기에서 소설이 끝난다.

*

　이제 밀다원의 시대는 존재하지 않는다. 밀다원이라는 작은 다방은 소설 속의 공간으로만 남아 있다. 지금 어디에서 다시 밀다원을 찾을 수 있단 말인가? 우리는 그러한 질문을 던질 수 있는 자리에 서 있지 않다. 부산의 광복동 네거리에는 크리스마스를 장식하는 상가의 휘황한 불빛만이 가득하고, 다방 밀다원의 자취는 남아 있지도 않다. 국제시장에서 멀지 않은 이 거리는 가장 번화한 쇼핑가로 변모했다. 거리에 밀려드는 사람들 가운데 다방 밀다원을 기억하는 사람은 아무도 없다. 밀다원은 그렇게 시간 속으로 사라져버렸다.

#공초 오상순과 청동다방

　명동예술극장 건너편으로 유네스코 회관을 지나 골목 모퉁이에 있었던 '청동青銅다방'. 이제는 그 자리조차 가늠하기 힘들다. 청동다방의 주인공은 단연코 시인 오상순(1894~1963)이다. 오상순의 '청동다방 시대'라고 해도 좋다. 아니, 청동다방의 '오상순 시대'라고 해야 더 어울릴 듯하다.

　공초 오상순은 매일같이 청동다방에 들러서 구석에 자리를 잡고 앉아 있었다. 문인 예술가들을 반겼고, 낯선 손님들과도 흔쾌히 어울렸다. 청동다방은 연극인 이해랑이 운영하던 곳이었지만, 사람들은 터줏대감처럼 머물렀던 오상순을 더 많이 추억한다. 공초 오상순은 애연가였다. 그래서 그의 오른손에 담배가 쥐어져 있지 않은 경우가 드물었다. 오상순이 언제부터 청동다방의 주인공이 되었는지는 정확하게 알 수 없다. 그는 1954년 무렵부터 전후戰後의 불안과 혼란 속에서 문학과 예술의 심장이 되었던 명동을 지켰다. 불교의 인연을 따라 조계사에 몸을 기탁했던 그는 다방에 머물며 여러 문인과 서로 어울렸다.

*

오상순은 서울에서 태어나 경신학교를 다녔다. 일찍이 일본 교토의 도시샤대학에서 종교 철학을 공부했으며, 1920년 황석우, 남궁벽, 변영로, 염상섭과 문학동인지《폐허》에 참여했다. 한국 문단사의 첫머리에 오르는《폐허》에 시를 발표하면서 문학가로서 명패를 달았지만 그는 문단의 자리에 연연하지 않았다.

오상순은 한때 불교중앙학림과 보성학교에서 교편을 잡기도 했는데, 1926년에는 부산 동래 범어사에 입산해 선불교에 심취해 있기도 했다. 그때 그는 이미 속세의 삶을 등졌고 방랑객이 되어 전국의 사찰을 떠돌고 있었다. 생전에 혼인하지 않았으니 그 자신에게 딸린 가족이 없었고, 방랑객으로 전국을 떠돌았으니 거처할 집도 없었다. 공초라는 호를 사용하기 시작한 것도 이 무렵부터였다. 공초는 떠돌이가 되어 일제강점기의 가혹한 시련을 피했다.

해방 공간의 문단이 좌우 이념의 대립과 갈등에 휩싸였을 때, 공초는 변영로, 박종화, 양주동, 이헌구와 민족 계열의 전조선문필가협회를 결성하고 문학의 중심에 섰다. 하지만 그는 결코 문단 모임에 앞장서지는 않았다. 6.25 전쟁을 겪으며 모든 것이 불타고 무너지고 부서졌을 때, 그는 다시 선인仙人의 모습으로 서울 명동에 나타났다.

당시 명동은 국립극장을 중심으로 연극인들이 모여들었고 동방싸롱, 갈채, 청동 같은 다방은 가난한 문학예술인들의 근거지가 됐다. 한국 문학예술의 '살롱 시대'가 바로 명동에서 펼쳐졌다. 소설가 이봉구의 〈명동의 에레지〉에서부터 명동은 예술의 혼을 낳았고 사랑과 인생, 예술과 열정과 낭만으로 채워졌다.

공초는 다방을 찾는 사람들에게 종이를 내밀어서 그림을 그리거나 글을 쓰게 했다. 오상순이 이렇게 취미 삼아 모은 청동다방의 '낙서첩落書帖'은 그대로 한 시대의 귀중한 기록이 됐다. 살아생전에 시집 한 권도 내지 않고 초연했던 그가 청동다방의 낙서첩에 그렇게 열을 올렸던 이유는 알 수 없다. 당시 명동의 청동다방을 드나들던 사람들은 거의 대부분 '청동산맥靑銅

山脈'이라는 이름의 이 낙서첩에 한두 구절의 글을 남기거나 그림을 그려 넣었다. 1950년대 중반부터 시작된 시인 공초의 이 새로운 사업은 10년의 세월 동안 무려 195권의 청동산맥을 이루었다.

공초의 청동산맥은 해외 문단에서도 그 유례를 찾아보기 힘들다. 분량도 방대하고 그 내용도 다채롭다. 시인 이은상은 '오고 싶지 않은 곳으로 온 공초여, 가고 싶은 곳도 없는 공초여'라며 헛기침을 했고, 서정주는 '안녕하시었는가. 백팔의 번뇌 내 고향의 그리운 벗들'이라고 적었다. 박목월은 '우연히 다방에 들러 선생님을 뵙게 되어 반갑습니다'라고 소박한 인사말을 쓰기도 했다. 당시에 문단의 신참이었던 김관식은 '슬픔은 차라리 안으로 굳고, 겉으로 피는 자조自嘲의 웃음'이라고 시 한 구절을 적었다.

소설가 박경리는 '자학自虐의 합리화가 종교이며, 자학을 벗어난 경지에서 신이 존재한다'라는 에피그램(경구)을 남겼고, 비평가 이어령도 '여기에는 시초始初도 종말終末도 없다'고 적었다. 고은은 담배를 물고 살아서 '꽁초'로도 불리었던 공초를 향해 '담배의 공복空腹이란 건 더 야릇할 거예요'라고 낙서했다.

청동다방의 낙서첩 '청동산맥'은 현재 건국대 박물관이 소장하고 있다. 공초를 문학의 스승으로 생각한다는 시인 이근배는 "아무것도 가진 것이 없었지만, 공초는 모든 것을 품어 안을 수 있을 정도로 마음이 넓었다"고 회고한다. 그러면서 공초는 누구든지 청동다방의 구석자리에 앉히고는 "반갑고 고맙고 기쁘다"라고 말하며 말동무가 됐다고 들려주었다. 공초야말로 모든 것을 비우고 살았던 공인空人이며 모든 것을 초탈해버린 초인超人이었다고 했다. 공초가 남긴 이 희대의 낙서첩인 청동산맥은 지금 한국 문단의 가장 아름다운 '잠언집'이 되었다.

*

나는 이근배 선생과 함께 번잡한 명동 거리를 걸으며 청동다방의 흔적을 찾았던 적이 있다. 다방이 있던 자리는 형형색색의 여성복이 전시된 옷가게로 바뀌었다. 이곳을 지나가는 수많은 한국인도, 외국 관광객들도 여기가 한 시대를 풍미했던 문학적 성소라는 걸 기억하는 사람은 없다.

'봄은 동방에서 꽃수레를 타고 온다는데 가을은 지금 머언 사방에서 내 파이프의 연기를 타고 온다'라고 썼던 공초는 1963년 세상을 떠났다. 벌써 반백 년이 흘렀다. 하지만 명동 어디선가 예의 그 뿌연 담배 연기를 뿜으며 공초가 환하게 웃고 있을 것만 같다.

제3장

커피의 공간, 카페

#카페 프란스

'프란스'는 일본 교토 시내 대학가 근처의 작은 카페였을까? 당시 조선인 유학생들이 친구들과 어울려 자주 찾던 '프란스' 라는 이 카페는 그리 화려한 곳은 아니었던 듯하다. 종업원도 두어 명에 지나지 않고 비가 오는 저녁에는 손님도 없다. 예전 풍속대로라면 낮에는 주로 커피와 차, 음료를 팔고 저녁에는 술도 가볍게 마실 수 있는 장소였을 것이다. 그러니 저녁의 프란스가 더 흥취를 자아낼 법하다. 비 오는 저녁의 카페 행차는 어쩌면 중간시험이 끝난 날의 해방감을 말해주는 것일 수도 있다. 아니면 모국에서 모처럼 여유 있게 하숙비와 용돈이 도착한 날일까? 공부밖에 모르는 친구에게 한턱을 내겠다면서 카페 프란스의 여종업원 '튤립 양'을 보러 가자고 꼬여낸 것은 아닌지. 이런 생각은 물론 한 편의 시에서 그려낸 시대적 의미와는 아무 상관이 없는 것일 수 있다. 하지만 정지용은 〈카페·프란스〉라는 시에서 식민지 지식인 청년의 비애를 감추지 않고 있다. 퇴폐적이면서도 무언가 애상이 깃들어 있는 카페의 분위기 속에 환멸의 정서가 느껴지는 것은 이 시를 읽은 독자들에게도 마찬가지일 것이다.

*

정지용의 초기 시 가운데 〈카페·프란스〉라는 작품이 처음 한국 문단에 알려진 것은 잡지 《학조學潮》의 창간호를 통해서였다. 이 잡지는 1926년 당시 교토 지역의 대학에서 유학하는 사람들의 모임인 '한국인 유학생 학우회'에서 회원들의 친목을 도모하고 새로운 학술활동을 소개하기 위해 만들었다. 당시에 정지용은 교토의 사립대학인 도시샤대학 영문과에 재학 중이었다.

정지용이 일본 유학길에 오른 것은 1923년이었다. 그는 휘문고보를 졸업했고 그해 도시샤대학 예과에 입학했다. 그는 예과 시절부터 시작詩作 활동에 관심을 두면서 1925년 도시샤대학 학생들이 주도하고 있던 시 동인지 《가街》에 참여하였다. 그

리고 일본어로 쓴 시 〈신라의 석류新羅の柘榴〉, 〈풀밭 위草の上〉등을 발표했다. 〈카페·프란스〉는 《도시샤대학 예과 학생회지》제4호(1925. 11.)에 〈カフツエ-·フランス〉라는 제목의 일본어로 처음 발표되었다. 정지용은 이 작품을 한국어로 다시 개작하여 《학조》에 수록했다.

〈카페·프란스〉는 정지용의 초기 시작 활동을 대표하는 작품 가운데 하나로 평가받는다. 나는 이 작품에서 그려내는 카페 프란스의 분위기가 늘 궁금했다. 이 시는 식민지 시대 일본에 유학했던 지식인 청년들의 삶의 단면을 감각적으로 보여준다. 특히 유학생 신분으로 일본어를 통해 시를 써야 했던 정지용의 자의식과 그 내면 풍경이 그대로 드러나 있다.

옮겨다 심은 종려棕櫚나무 밑에
빗두루 선 장명등.
카페·프란스에 가자.

이놈은 루바슈카.
또 한 놈은 보헤미안 넥타이.
뻐쩍 마른 놈이 앞장을 섰다.

밤비는 뱀눈처럼 가는데

페이브먼트에 흐늙이는 불빛

카페·프란스에 가자.

이놈의 머리는 빗두른 능금.

또 한 놈의 심장은 벌레 먹은 장미.

제비처럼 젖은 놈이 뛰어간다.

「오오 패롯鸚鵡 서방! 꾿 이브닝!」

「꾿 이브닝!」(이 친구 어떠하시오?)

울금향鬱金香 아가씨는 이 밤에도

경사更紗 커튼 밑에서 조시는구려!

나는 자작子爵의 아들도 아무것도 아니란다.

남달리 손이 희여서 슬프구나!

나는 나라도 집도 없단다.

대리석 테이블에 닿는 내 뺨이 슬프구나!

오오, 이국종異國種 강아지야

내 발을 빨아다오.

내 발을 빨아다오.

정지용의 시 〈카페·프란스〉는 공간의 이원성을 바탕으로 시적 진술과 묘사가 이루어진다. 이 시의 공간은 밤거리에서 카페 내부로 이동하지만, 시적 정조 자체가 서로 다른 공간을 배경으로 하는 독특한 분위기를 통해 구체적 형상성을 획득한다. 카페를 찾아가는 들뜬 심경에서 느낄 수 있는 가벼움이 카페 내부의 가라앉아 있는 분위기에서 비롯되는 무거움과 서로 대비된다. 이러한 양가적인 정서를 하나로 통합하는 힘을 시적 상상력이라고 한다면, 이 시는 상상력의 어떤 성취를 보여주는 셈이다.

시적 묘사의 방법에 있어서도 마찬가지의 설명이 가능하다. 전반부에서는 서정적 주체를 대상화하여 묘사한다. 그리고 묘사된 장면 자체를 극적으로 제시하기도 한다. 후반부에서는 시적 주체를 대상화하면서 그 내면의식의 고뇌를 그대로 드러낸다. 묘사의 관점을 이렇게 자유롭게 이동하면서 시적 긴장을 유지하는 것은 정지용의 경우를 빼놓고는 달리 찾아보기 어렵다.

〈카페·프란스〉의 시적 텍스트는 크게 전반부와 후반부로 구분되어 있다. 이러한 구분은 물론 시적 공간과 시간의 구획을 의미한다. 먼저 전반부의 경우를 보기로 하자. 전반부는 비가 내리는 저녁에 '카페·프란스'를 찾아가는 길이다. 이러한 배경의 설정 자체가 전반부의 시적 무드를 형성하는 기반이 된다.

제1연은 종려나무 아래 장명등이 비스듬하게 서 있는 카페의 이국적 풍경을 그대로 묘사하고, 제2연은 카페를 찾아가는 두 사람의 외모를 특징적으로 그려낸다. 여기서 시적 화자는 '이놈'이라고 스스로를 지칭하고 있는데, '이놈'은 '루바슈카'이고, '또 한 놈'이라고 지칭된 다른 친구는 '보헤미안 넥타이'로 그 외양을 묘사하면서 '삐쩍 마른 몸매'라고 소개하고 있다. 제3연에서는 가늘게 내리는 비('뱀눈처럼 가는'이라는 감각적인 비유를 사용하고 있다) 속에 불빛이 가벼이 흐늙이는(흐느적이는) 거리의 풍경을 보여준다.

제4연에서는 시적 묘사의 초점이 두 사람에게로 다시 이동한다. 이 대목에서 묘사되는 것은 두 사람의 외모보다 그 내면에 무게가 있다. 시적 화자는 자신을 '빗두른 능금'이라고 말한다. 여기서 '빗두른'이라는 말이 문제다. 잡지《학조》에 발표되었던 원문을 보면, 이 말이 '갓 익은'으로 되어 있다. 그런데《정지용 시집》에 수록하면서 '빗두른'으로 바뀌었다. 발표 당시의 뜻을 염두에 두고 개작했을 가능성을 생각한다면, '빗두른'이라는 말의 뜻을 '비뚤어진 능금'이라고 읽기보다는 '갓 익어서 약간 붉은색이 도는 능금' 또는 '설익은 능금'으로 보는 것이 타당할 듯싶다. 물론 1연에서 '빗두루 선 장명등'이라는 말이 나오기 때문에 혼동을 일으키기 쉽다. 그러나 이 말은 아무래도 자신이 아직 설익은 지식만 가지고 있음을 자조적으로 표현한 것으로 이해하는 편이 자연스럽다. '보헤미안 넥타이'의 친구는 그 가슴이 벌레 먹은 장미로 비유되는데, 이는 상심한 열정의 소유자임을 암시하고 있다. 아마도 둘 가운데 '뼈쩍 마른' 친구는 '보헤미안 넥타이'일 가능성이 높다. 그 친구가 '제비처럼 젖은 채' 뛰어간다. 둘의 카페 행차는 이렇게 비 오는 저녁의 거리 묘사에서부터 그 분위기를 띄우고 있다. 카페를 찾아가는 두 사람의 옷차림과 외모를 통해 이 시대 대학생들의 패션과 풍조를 어느 정도 암시해주고 있다.

이 시의 후반부는 전반부와 그 내용이 사뭇 다르다. 열려 있는 공간으로서의 밤거리를 그리는 것이 아니라, 닫혀 있는 카페의 내부가 무겁게 그려진다. 그러므로 시적 묘사의 관점과 어조도 바뀐다. 후반부는 둘이서 카페에 들어서는 장면부터 시작된다. '「오오 패롯鸚鵡 서방! 꾿 이브닝!」 // 「꾿 이브닝!」(이 친구 어떠하시오?)'이라는 인사가 오고 간다.

이 장면을 놓고 여러 비평가가 카페 입구에 앉아 있는 앵무새와 주고받은 인사말이라고 해석하고 있다. 사실 나는 이런 장면을 우연하게도 추억의 명화가 된 〈카사블랑카〉(1942)에서 본 적이 있다. 험프리 보카트(릭 브레인 역)가 자신이 운영하는 카페로 들어서는데, 그 순간 앵무새 한 마리가 인사를 먼저 건네는 장면이다.

그렇지만 나는 〈카페·프란스〉의 일본어 원문을 한국어로 개작하면서 생겨난 차이점에 착안하여 이 대목을 새롭게 해석해보고자 한다. 특히 괄호 속에 담겨진 '이 친구 어떠하시오?'라는 말에 주목해야 한다. 이 말은 왜 괄호 속에 담겨져 있을까? 누가 누구에게 하는 말이라고 보아야 할까? 이런 의문을 제기하면서 두 청년의 뒤를 따라 카페 안으로 들어가보자.

두 청년이 카페의 문을 열고 홀 안으로 들어선다. 홀 안에 들어서자 계산대 쪽에 있던 카페 여급 하나가 이들을 맞이하며 "오오 패롯鸚鵡 서방! 꾿 이브닝!" 하면서 반긴다. 아무래도 카페를 찾는 손님들이 먼저 카페의 종업원에게 인사하는 법은 없으니까. 아마도 카페 여급들은 단골인 조선인 유학생에게 '앵무새 서방(패롯 서방)'이라는 호칭을 붙여주었을 법하다. 카페의 여급이 하는 반가운 인사에 두 사람이 함께 한 목소리로 '꾿 이브닝!'이라고 답한다. 이 부분을 고딕체로 처리한 것은 둘이서 호기 있게 큰 소리로 인사를 받는 모습을 강조하기 위해서다. 그러면서 '패롯 서방'이라고 호칭된 청년이 새로 데려온 친구를 은근히 여급에게 소개한다. 괄호 속에 들어 있는 '이 친구 어떠하시오?'라는 말은 이 같은 의미를 함축하고 있다고 본다. 아마도 여기 새로 데려온 '이 친구'가 바로 시적 화자인 것이 분명하다. 이런 심증은 뒤로 이어지는 시의 내용으로 보아 더욱 굳어진다.

그런데 두 청년의 떠들썩한 카페 행차에도 불구하고, 울금향(튤립)이라는 별명을 가진 여급은 늘어진 커튼 아래에서 졸고 있다. 어쩌면 청년들이 관심을 두고 있는 여급이 바로 이 아가씨일지 모른다. 그런데 이 아가씨는 본체만체하고 졸고 있을 뿐이다. 이들에게 눈길도 주지 않는 셈이다. 두 사람은 '「꾿 이브닝!」(이 친구 어떠하시오?)'이라고 인사를 받았지만, 졸고 있는 이 아가씨의 무심한 표정에 이내 주눅이 든다. 그리고 초라한 자신의 모습을 돌아보게 된다. 시적 화자의 자의식을 그대로 드러내주는 다음 대목에 이르러서 이 시는 그 주제에 도달한다.

나는 자작子爵의 아들도 아무것도 아니란다.

남달리 손이 희여서 슬프구나!

나는 나라도 집도 없단다.

대리석 테이블에 닿는 내 뺨이 슬프구나!

오오, 이국종 강아지야

내 발을 빨아다오.

내 발을 빨아다오.

　시적 화자는 친구를 따라 카페에 들어섰지만, '울금향 아가씨'의 무관심한 표정을 보면서 이내 주눅이 든다. 식민지 조선에서 온 유학생으로서 자신이 가난한 농촌 태생이며 아무것도 가진 것이 없음을 속으로 되뇐다. 그리고 스스로 자신이 고귀한 사회적 지위를 누리는 사람도 아니고 돈 많은 난봉꾼도 아님을 밝힌다. '남달리 손이 희여서 슬프구나!'라는 구절은 가난한 유학생의 처지를 그대로 그리고 있다. 시적 화자는 개인적인 비애의 감정만이 아니라 나라를 잃은 망국 민족이라는 인식을 스스로 떨쳐내지 못하면서 현실의 냉혹함에 더 큰 환멸을 느끼고 있는 것이다.

　이 시의 마지막 구절은 시적 화자가 비애의 감정과 환멸을 떨치기 위해 육체적인 위무慰撫를 갈구하는 내용으로 채워진다. 마지막 구절인 '오오, 이국종 강아지야 / 내 발을 빨아다오. / 내 발을 빨아다오'는 이 같은 육체적 갈망을 그대로 드러낸다. 물론 이 마지막 구절은 시적 화자의 입으로 한 말은 아니다. 자기 마음속으로만 그렇게 말하고 있었던 것이다. 여기서 말하는

'이국종 강아지'는 졸고 있던 카페의 여급 '울금향 아가씨'를 지칭하는 것임은 물론이다. 이러한 표현의 문제를 놓고 정지용의 인종적 편견 또는 윤리 의식까지 들고 나올 필요는 없어 보인다. 당시 정지용이 일본인 카페의 여급을 '이국종 강아지'라고 시에서 지칭하고 있는 것이 별로 이상하지 않다. 이 작품이 나라 잃은 가난한 유학생들이 겪어야 하는 고통과 슬픔 그리고 객기 속에 담긴 환멸을 드러내고 있다는 것은 부인할 수 없는 일이다.

#로마의 카페 그레코

내가 찾아가본 가장 오래된 카페는 이탈리아 로마를 여행하면서 들렀던 '카페 그레코Caffè Greco'다. 이 카페가 개업한 때가 1760년이라고 알려져 있는데, 주인이 그리스인이었다고 한다. '카페 그레코'라는 상호도 '그리스에서 온 사람이 운영하는 카페'라는 뜻이었을 것이다. 영국 런던에는 커피하우스가 1652년에 처음 세워졌다고 하니 이보다 한 세기쯤 뒤에 로마에 카페 그레코가 등장한 셈이다.

유럽에서 커피는 런던 커피하우스의 등장과 함께 실질적으로 대중적인 기호품으로 인정받았다. 그리고 파리에도 1672년 무렵에 커피 전문점이 생겼다. 유럽 대륙 전역에 여기저기 커피하우스가 유행처럼 들어서게 되자 유행을 따라 대서양 건너편

북미 대륙의 뉴욕 보스턴 등지에도 커피를 음료로 즐길 수 있는 커피하우스가 등장했다.

카페 그레코는 로마의 명소인 스페인 광장 근처에 자리 잡고 있다. 스페인 광장의 계단을 내려와 데이 콘도티 거리Via Dei Condotti의 좁다란 쇼핑가로 들어서면 오래된 건물의 외벽에 '안티코 카페 그레코Antico Caffè Greco'라는 간판이 보인다. 이곳은 로마에서 가장 오래된 카페로 처음 문을 연 후 지금까지 250년이 넘도록 온전하게 그 자리를 지키고 있다. 바로크 풍의 카페 내부는 대리석으로 장식되어 있고 벽에 걸린 크고 작은 수많은 그림과 유명 예술가들의 자필 사인은 작은 박물관이라고 해도 손색이 없다. 1953년 7월, 이탈리아 정부는 카페 그레코를 '로마 특별 중요 유산'으로 지정해서 보존·관리하고 있는데, 관련 규정에 따라 내·외부 인테리어 구조 변경은 엄격하게 규제했다.

카페 그레코가 오랜 세월 살아남아 있게 되었다는 사실만으로도 사람들의 호기심을 자극한다. 그러니 늘 관광객이 넘쳐난다. 내가 카페 그레코를 찾은 것은 점심시간이 좀 지난 때였다. 나는 카페 입구부터 무리를 지어 서 있는 사람들 틈에 끼어 밖에서 기다릴 수밖에 없었다. 반 시간 이상을 기다린 덕분에 운이 좋게도 통로 옆의 작은 탁자에 자리를 잡았다. 하지만 내가

기대했던 카페의 옛 정취를 제대로 느끼기에는 홀 안이 너무 어수선했다. 회색 대리석 상판의 탁자에서 감촉되는 차디찬 느낌이 엉뚱하게도 정지용의 〈카페·프란스〉를 생각나게 했다. 주문대 앞에서 계산을 하고 테이크아웃 커피 한잔을 사들고 나가려는 사람들이 너무 많았다. 이 고전적인 카페가 온통 시장터처럼 소란스러운 것이 마음에 걸렸다. 벽에 걸린 크고 작은 그림에는 눈을 돌릴 여유조차 없었고 아치형의 통로와 바닥에 깔린 대리석도 제대로 눈에 들어오지 않았다. 나는 자리에 앉아 고개를 들고 있기도 불편했다. 나비넥타이를 맨 웨이터에게 카페 에스프레소 한잔과 파이 한 조각을 주문했다. 그냥 커피 한잔을 사들고 나가면 간단한 일인데, 앉아서 주문하면 그 값이 무려 다섯 배 정도 비싸다. 그래도 카페 그레코에서 이 정도 호사는 누릴 필요가 있다면서 혼자 웃었다.

나는 주문한 커피가 나올 때까지 괴테의 《이탈리아 기행 Italienische Reise》을 머리에 떠올렸다. 괴테는 서른일곱이던 1786년에 이탈리아를 여행했다. 그는 고전주의 예술에 빠져 1년 이상을 로마에서 지냈다. 나는 서른다섯 살에 처음으로 로마를 갔었다. 사흘간의 짧은 여정이었는데, 그저 고대 로마의 유적에 홀려 머릿속이 복잡했다. 그 엄청난 시간의 간격을 채우기가 힘들었던 까닭이었다. 그때 바쁜 여행길에도 카페 그레코를 찾았고 그 진한 커피 한잔에 고개를 흔들다가 나왔다. 그 뒤로 30년이 훨씬 지난 후에야 나는 괴테를 생각하면서 다시 로마를 좀 여유롭게 돌아볼 수 있었다.

괴테의《이탈리아 기행》은 1786년 9월부터 1788년 4월까지 이탈리아 여행 기록을 담고 있다. 이 책은 단순한 여정의 스케치가 아니라 이탈리아에 대한 풍속 답사라고 할 수 있을 정도로 그 내용이 풍부하다. 괴테가 지니고 있었던 예술에 대한 감각, 도시 생활에 대한 특이한 관점, 인간 생활과 풍속에 대한 호기심 등이 한데 어울려 이루어낸 일종의 거대한 민속지처럼 느껴진다. 특히 그는 르네상스 시대의 거장인 미켈란젤로나 라파엘로 등이 남긴 예술품을 찾아보면서, 삶과 예술을 보는 관점과 방법을 스스로 키우고 자신의 내면적 예술 감각을 더욱 세련되게 다듬었다. 이러한 자기 수련의 과정은 여행 도정에 적어둔 새로운 작품 구상이라든지 지난 작품에 대한 반성 등을 기록해둔 것을 통해 잘 드러난다. 괴테는 이탈리아 여행을 끝낸 후 불멸의 고전《파우스트》를 집필하였고《빌헬름 마이스터의 편력 시대》와 같은 걸작을 발표했다.

카페 그레코에서는 괴테가 로마에 머무는 동안 자주 들렀다는 사실을 지금도 자랑한다. 그가 이곳에서 누구를 만나 무슨 이야기를 나누었는지는 알 수 없는 일이다. 그러나 어찌 괴테뿐이라. 이 카페에 괴테는 물론이고 스탕달, 찰스 디킨스, 안데르센 등 세계적인 문인들도 찾아와 담소를 즐겼다. 모두가 역사 속의 이야기일 뿐이지만 사람들은 이런 일화 속의 카페 그레코를 좋아한다.

나는 쓰디쓴 에스프레소를 단숨에 삼킬 수는 없었다. 파이한 조각을 입에 넣고는 다시 커피 잔을 기울였다. 아주 진하지만 혀끝에 남는 쌉쌀한 맛이 깊은 풍미가 느껴졌다. 카페의 문을 나서면 로마에서 유명한 명품 쇼핑가가 이어졌다. 그러니 세계 각지에서 찾아온 관광객이 카페 그레코를 그대로 지나칠 리 없다. 테이크아웃 커피 한잔을 들고 카페를 나오는 수많은 사람들의 모습을 보면, 카페 그레코가 이 쇼핑가에 하나의 장식품처럼 붙어 있는 꼴이라는 생각이 든다.

*

얼마 전의 일이다. 나는 해외뉴스에서 전해오는 짤막한 소식에 깜짝 놀랐다. 로마의 명소 카페 그레코가 문 닫을 위기에 처했다는 것이다. 지난 250년 동안 전쟁을 겪고 경제 위기를 견디면서 용케도 로마 최고의 카페라는 명성을 누려왔던 곳이다. 그런데 건물주가 월세를 한화 1억 3천만 원가량 인상하면서 카페 그레코 경영진과 법정 소송 중이란다. 매월 1만 8천 유로를 내고 영업을 해왔는데 갑자기 월세를 12만 유로로 인상했다는 것이다. 서울에서도 가로수길의 가게들이 터무니없이 올린 임대료 문제로 말썽이 났다는 뉴스를 본 적이 있다. 그런데 로마의 집주인은 정말 대단한 배짱이다. 무려 여섯 배로 임대료를 올렸으니 아무리 손님이 많은 곳이라도 이걸 그대로 감당하기는 쉽지 않았을 것이다.

카페 사장은 임대료 인상이 부당하다고 버텼지만 건물주와 타협이 이루어지지 않자 자연스레 법적 소송으로 이어졌다. 법원은 건물주의 손을 들어주었다. 지난 2000년부터 카페 그레코를 운영해온 사장에게 가게를 비우라는 명령이 떨어졌다. 사실 카페 그레코는 로마 중요 유산으로 지정돼 실내의 구조 변경이나 외부 장식 등의 엄격한 규제를 받는 데다가 카페 이외의 업종 변경도 불가능하다. 그래서 이번에는 카페 사장이 법원 판결을 따르지 않고 정부가 개입해 적정한 임대료 인상안 등 해법을 찾아달라고 요청했다.

나는 호기심에 여기저기 인터넷을 검색했다. 영국의 일간지 《가디언Guardian》에서 비교적 소상하게 이 소식을 전하고 있다. 이 분쟁은 카페의 임대차 계약이 만료된 지난 2017년 9월 시작됐다. 건물주인 이스라엘계 민간병원이 월 임대료를 기존 계약보다 무려 여섯 배로 가격을 올린 것이다. 카페 그레코의 사장은 임대료 인상이 너무 높다면서 적정 수준으로 낮추어달라고 요구했지만 이스라엘계 병원에서는 이를 거절했다. 결국 둘 사이에 타협을 이루지 못하게 되자 소송으로 이어졌는데, 재판 결과 카페 사장이 패소하고 말았다. 법원은 카페 측에 가게를 비우라고 명령했다. 카페 그레코를 임대하여 19년째 경영해온 카페 사장은 법원 판결을 받아들일 수 없다면서 반발했다. 그는 터무니없는 임대료 인상액을 그대로 받아들일 수는 없지만 카페 운영을 계속하고자 이전보다 더 많은 임대료를 낼 준비를 하고 있다면서 타협점을 찾고 싶다고 하소연했다.

이탈리아 문화유산 보호단체인 '이탈리아 노스트라Italia Nostra(우리 이탈리아)'는 카페 그레코를 지원하고 나섰다. 이 단체가 주동하여 여러 문화 조직이 카페 그레코 레드홀에서 16시간짜리 문화 마라톤을 열기도 했다. 이들은 카페 그레코가 지구상에서 자취를 감추고, 로마 시민과 관광객들의 기억에서 사라진다는 생각은 정말 견딜 수 없다면서 중요한 것은 이 역사적이고 문화적인 장소가 유지돼야 한다는 점이라고 강조했다.

이 분쟁의 주역이 된 이스라엘계 민간 병원은 로마에만 세 군데 의료시설을 보유하고 있으며 이탈리아 공공 의료 시스템 속에서 운영되는 민간병원 가운데 하나로 알려졌다. 이 병원은 약 80년 전 카페 그레코가 들어서 있는 건물을 상속받아 지금까지 임대료를 받아왔다. 카페 그레코는 그동안 여러 차례 주인이 바뀌어 운영해왔지만, 병원 측과 큰 분쟁 없었다. 병원 측에서 상황이 복잡해지자 카페 자체가 폐업하는 일은 절대로 없을 것이라고 강조하면서 카페 그레코는 250년간 그 자리에 있었고 앞으로도 그럴 것이라고 했다. 그리고 새로운 주인이 들어와 카페를 운영하게 될 것이므로 바뀌는 것은 아무것도 없다고 해명했다. 병원 측의 책임자는 인상된 임대료를 기꺼이 지불하겠다는 인수 희망자들이 많다고 하면서 그게 누구인지는 구체적으로 밝히지 않았다. 현지에서는 프랑스계 명품 브랜드 몽클레르가 카페 인수에 관심을 두고 있다는 소문도 나돌았다고 한다. 카페 그레코가 위치한 비아 콘도티가 루이비통, 샤넬, 구찌 등 명품 가게가 즐비한 로마의 쇼핑 중심지이니 이런저런 소문이 나도는 것은 당연하다고 할 만하다.

카페 그레코의 분쟁을 두고 관련 부처인 이탈리아 문화부 측은 "카페 그레코는 현재의 역사적인 장소를 그대로 유지해야 하며 다른 업종으로의 변경은 불가능하다"라고 밝혔다. 그리고 카페 그레코와 관련한 기존의 제한 규정을 보강할 방침이라는 입장을 내놓았다.

지금도 카페 그레코는 성업 중이다. 아마도 건물주와 어떤 타협점을 찾아낸 모양이다. 그러나 이런 논란은 언제 다시 일어날지 모른다.

*

카페 그레코는 오랜 기간 동안 음악가, 극작가, 작가, 지식인이 즐겨 찾는 만남의 장소였다. 이들은 세계적인 문인과 음악가, 극작가, 지식인이 즐겨 찾던 곳이라고 자랑한다. 그러나 18세기 후반까지 로마가 누렸던 예술의 중심지로서의 명성은 산업혁명 이후 19세기의 파리로 서서히 옮겨졌다.

카페 그레코는 괴테의 시대에 누렸던 과거의 영광과 의미를 간직한 채 오래된 카페 중 하나가 되었다. 세상이 바뀌면서 이 카페는 더 이상 예술의 거장들이 모여드는 문화적 성소로서의 의미를 잃었지만, 여전히 그 존귀한 장식과 예술품을 그대로 품은 채 이 공간을 차지했던 예술가들의 자취를 전해주고 있다. 지금은 예전과 전혀 다르게 카페 자체가 관광 명소가 되어버렸다. 로마를 찾는 관광객이라면 일부러 이곳까지 찾아와 에스프레소나 카푸치노 등을 마시고 싶어 하는 사람이 셀 수 없을 정도니까 말이다. 이제 카페 그레코는 로마의 관광 명소 중 하나

일 뿐이며 나비넥타이의 바리스타가 맞이하는 것은 전 세계에서 로마로 몰려드는 관광객들이다.

#〈실화〉속의 카페 NOVA

    나는 일본 도쿄의 신주쿠 뒷골목을 돌아다니면서 열심히 간판을 두리번거렸다. 'NOVA노바'라는 이름의 카페나 술집이 지금도 혹시 남아 있을까 궁금했기 때문이다. 'NOVA'는 에스페란토어로 '우리들'이라는 뜻을 가지고 있다. 과연 이런 이름을 달고 영업을 하는 업소가 지금까지 살아남아 있을까? 나는 그 카페를 꼭 찾아내고 싶었다. 하지만 일본 우정국에서 낸 동경 전화번호부에서도 NOVA라는 카페의 상호는 찾을 수 없었다. 그럼에도 나는 이곳에서의 차디찬 맥주 한잔을 꿈꾸면서, 여인네들의 화장 냄새가 짙게 찌들어 있는 신주쿠의 가부키초 골목을 어슬렁거렸다.

    내가 카페 NOVA를 찾으려고 했던 것은 소설가 이상 때문이었다. 이상이 그의 소설 〈실화失花〉에서 아주 실감나게 그려놓았던 신주쿠의 카페 노바의 풍경이 나는 늘 궁금했다. 카페 NOVA를 소개했던 이상의 소설 〈실화〉는 그가 세상을 떠난 후에 잡지 《문장》(1939. 3.)에 유고의 형태로 발표되었다. 이상의 소설 가운데 동경 생활을 배경으로 하여 엮어진 것은 이 작품이 유일하다.

*

1936년 늦은 가을, 이상은 서울 생활을 접고 혼자 동경으로 떠났다. 그는 일본 제국의 수도인 동경에서 자신의 예술이 인정받을 수 있을지 궁금했다. 하지만 일본인들이 동양 문명의 꽃이라고 추켜세웠던 동경은 그가 꿈꾸던 새로운 문명의 도시가 아니었다. 이상은 동경에 도착한 후 곧바로 동경의 허망한 비속을 눈치채고는 그 서구적 표피의 악취를 견디기 힘들어했다. 그는 자신의 동경행을 후회했다. 그가 써놓은 수필 〈동경東京〉(1939. 5.)에는 동경이라는 거대한 도회가 현대 자본주의의 흉물처럼 그려져 있다.

'마루비루'의 높은 빌딩 숲을 거닐면서 이상은 미국 뉴욕의 브로드웨이를 떠올리며 환멸에 빠져들었고, 신주쿠의 사치스런 풍경을 놓고 프랑스의 파리를 따라가는 가벼움에 치를 떨었다. 그는 긴자 거리의 허영에 오줌을 깔기면서 흥분하지 않는 자신을 '19세기'라고 치부하기도 했다.

〈실화〉는 이상 자신의 동경행에 대한 반성을 주축으로 하여 이야기가 전개되지만, 그 시간이 하루 동안의 동경 생활 이야기로 한정하고 있다. 실제로 이야기의 전반부는 '나'라는 주인공이 동경 유학생 C의 방에 가 있는 장면을 그리고 있으며, 후반부는 주인공이 신주쿠의 'NOVA'라는 바에서 유학생과 술을 마시는 장면으로 이어진다. 그러나 이 소설의 이야기는 주인공인 '나'의 의식 속에서 재구성되는 과거와 현재라는 시간을 통해 경성과 동경이라는 두 개의 공간을 병치시킨 채 '나'의 내면에 자리 잡고 있는 자의식의 그림자를 끊임없이 드러내어 보여준다. 소설 〈실화〉가 이상 자신의 동경에서의 하룻밤 이야기를 담고 있다고 보면, 이상이 찾았던 NOVA의 실체가 더욱 궁금해진다.

소설 속에서 주인공 이상은 저녁 늦게 C의 집을 나와 자신의 하숙집으로 돌아온다. 그런데 집으로 돌아오는 밤길에 '법정대학 Y군'을 만나게 된다. 두 사람은 함께 신주쿠의 카페 NOVA를 찾아간다. 이 대목은 〈실화〉 속에 다음과 같이 설명되어 있다.

남자의 목소리가 내 어깨를 쳤다. 법정대학 Y군, 인생보다는 연극이 더 재미있다는 이다. 왜? 인생은 귀찮고 연극은 실없으니까.

「집에 갔드니 안 계시길래!」

「죄송합니다.」

(중략)

「신주쿠新宿 가십시다.」

「신주쿠라?」

「NOVA에 가십시다.」

「가십시다 가십시다.」

마담은 루바슈카. 노바는 에스페란토. 헌팅을 얹은 놈의 심장을 아까부터 벌레가 연해 파먹어 들어간다. 그러면 시인 지용芝鎔이여! 이상李箱은 물론 자작의 아들도 아무것도 아니겠습니다그려!

12월의 맥주는 선뜩선뜩하다. 밤이나 낮이나 감방은 어둡다는 이것은 고리키의 「나그네」 구슬픈 노래, 이 노래를 나는 모른다.

'나'는 Y군과 함께 NOVA에 들러 차디찬 맥주를 마신다. 그런데 이 NOVA라는 술집의 풍경이 주목을 요한다. 1930년대 제국의 수도 동경에서도 가장 번잡한 거리 신주쿠에 자리 잡은 NOVA에는 프랑스 말을 흉내 내는 마담 나미코가 있다. 주인공인 '나'는 옆자리에 앉아 있는 일고—高 휘장의 핸섬 보이에게 주눅이 든다. '나'는 술기운에 횡설수설 늘어놓는다.

이 장면에 그려져 있는 NOVA의 풍경은 소설 속의 공간으로 구체화된 하나의 장소에 불과하지만, 단순한 술집 풍경만은 아니다. 이상이 독자들을 안내한 신주쿠의 술집 NOVA는 실제의 장소이면서도 1930년대 동경에 미만해 있던 서구 취향을 그대로 보여주는 상징적 표상 공간이었기 때문이다.

*

소설 〈실화〉의 후반부를 장식하고 있는 'NOVA'란 어떤 곳인가? 법정대학 Y군에 이끌려 이상이 들렀던 'NOVA'를 내가 우연히 발견한 것은 신주쿠의 뒷골목이 아니었다. 1930년대 중반 동경 유학생들이 중심이 되어 발간한 문학잡지 《탐구探求》(1936. 5.)의 창간호에서 NOVA를 찾을 수 있었다. 1930년대 중반 일본 동경에서 '동경학생예술좌'를 주도했던 법정대학 유학생 주영섭의 시 〈바·노바〉가 이 잡지에 수록되어 있는 것이다.

주영섭은 평양 태생으로 평양 광성고보를 졸업한 후 서울 보성전문학교 문학부에서 수학했다. 보성전문 재학 중 학생연극

부를 만들어 고리키의 〈밤주막〉을 공연하였고, 카프 산하 극단 '신건설'의 제1회 공연인 〈서부전선 이상 없다〉(1933)에 찬조 출연하기도 하였다. 그는 일본 호세이대학에서 영문학을 전공하면서 동경 조선인 유학생을 중심으로 하는 연극운동을 주도했으며, 1934년 이진순, 박동근, 김영화 등과 더불어 '동경학생예술좌'를 창단한 후 기관지《막幕》을 발간했다. 1935년 일본에서 창간된 문예 동인지《창작》창간호에 시 〈포도밭〉을 발표하였고, 제2호에 〈세레나데〉, 〈해가오리〉 등을 발표하였다. 그는 조선에서의 신극의 확립을 창작극에서부터 시작해야 한다는 목표를 세우고 1935년 6월 4일 동경의 축지소극장에서 유치진의 〈소〉와 함께 자신의 창작 희곡〈나루〉로 단막극 공연을 하여 좋은 평을 받기도 하였다. 또한 이상의 〈오감도〉가 발표된 직후 한국 문단의 초현실주의를 표방하며 등장했던《삼사문학》에 신백수, 이시우 등과 동인으로 참여하여 제5호(1936. 10)에 시 〈거리의 풍경〉, 〈달밤〉등의 시를 발표하기도 하였다.

주영섭은 시〈바·노바〉에서 이렇게 노래했다.

불 꺼진 람프와 싸모왈-ㄹ

경마장 본책木柵 같은 교자.

실경 우에 몽켜 섯는 술병 - 세계선수들

마음에 맞는 술병을 골라

「챤봉」을 마시고

베레-씨

루바-슈카 군

마르세에유를 부르고

아리랑을 노래하자.

재주꾼인 마스터가

와인 그라-스에 피라미트를 쌋는다

갓 들어온 「체리꼬」가

헛드리는 아브상에 파-란 불이 붓는다

샴팡 병과 나무걸상

배-커스와 예-너스의 초상,

독일 말하는 대학생이여

월카 마시는 시인이여

잠자쿠 잇는 「고루뎅」바지여

제각기 색다른 술을 붓고

다가치 축배를 들자!

낡은 성냥갑을 버려라,

한 대 남은 담배를 피여물고

세시 넘은 노-빠를 나서자.

　주영섭은 술집 NOVA의 풍경을 낭만과 열정이 가득한 곳으로 묘사한다. 거기에는 젊음의 이름으로 가리어진 암울한 퇴폐가 자리 잡고 있다. NOVA에는 불 꺼진 램프와 러시아식의 물 끓이는 주전자인 사모바르samovar가 놓여 있다. 이 두 개의 시적 대상은 NOVA라는 공간이 가지는 이국적 정취를 그대로 살려낸다. 경마장의 목책처럼 홀 안에 나무 테이블이 늘어져 있고, 시렁 위에는 세계 각국에서 들여온 온갖 종류의 술병들이 모여 있다. 시적 화자는 이 술병들을 두고 '세계의 선수들'이라고 부른다. 흥청대는 제국 수도의 밤거리에서 NOVA를 찾는 술꾼들은 자기가 좋아하는 술병을 골라낸 뒤 술을 뒤섞어 짬뽕으로 마신다. 베레모를 쓴 사람, 루바슈카를 입은 술꾼이 함께 흥에 겨워 마르세유를 노래하고 아리랑을 부른다.

　시 〈바·노바〉의 후반부는 취흥을 돋우며 흥청대는 NOVA의 술꾼들을 묘사하고 있다. 주방장이 와인글라스를 가지고 피라미드 모양을 쌓아 올리는 재주를 부리고, 갓 들어온 '체리꼬'가 글라스에 술을 붓는다. 글라스에 흘어 내리는 술 '압생트absinthe'에 파란 불이 붙는다. 샴페인 술병이 여기저기 흐트러져 있고 나무 의자에는 바카스와 비너스처럼 남녀가 걸터앉아 있다. 독일어를 지껄이는 대학생, 윌카(보드카)를 마시는 시인, 잠자코 앉아 있는 코르덴바지의 사나이. 제각기 색다른 술잔에 축배를 든다. 모두가 흥에 취하고 술에 취하는 사이에 어느덧 밤이 깊어 새벽 세 시가 넘어간다. 시적 화자는 이 열정의 공간에서 한 대 남은 담배에 불을 붙이면서 낡은 성냥갑을 구겨 내던지고는 NOVA를 나선다.

이런 식으로 읽어보면, 〈바·노바〉의 시적 공간에서 시인의 내면 의식이 차지하는 구석은 그리 크지 않아 보인다. 시적 주체는 어느새 NOVA의 공간 속에 그대로 묻혀버린 채 모습조차 드러내지 못하고 있다. 들떠 있는 분위기가 고조되어 엄청난 격정의 도가니처럼 느껴질 뿐이다. 이 뜨거운 공간에서 시적 주체는 술꾼들 사이에 섞여 한데 어울린다. NOVA의 공간이 만들어 내는 이 특이한 동료 의식 속에서 '우리들'이라는 의미를 찾고자 하는 것은 어리석은 일이다. NOVA에는 세계 각처에서 들여 온 술이 있고, 각 나라의 특이한 문화가 거기 함께 묻어 있다. 여기 모여든 술꾼들은 모두가 자기 멋대로 자유롭다. 마음에 드는 술병을 골라 이것저것 섞어 짬뽕으로 술을 들이킨다. 이들이 마시는 술처럼 세계의 풍물과 사조가 함께 뒤섞이며 NOVA의 공간은 독특한 퇴폐의 분위기로 가득 차게 된다. 그리고 여기에 까닭 모를 암울이 덧씌워지는 것이다.

이 대목에서 NOVA의 술꾼들이 무엇을 위해 축배를 들고 있는가를 물어야 하는 것은 독자로서의 임무이다. 세기말의 불안이라고 명명하기도 했던 이 암울을 떨쳐내기 위해 낡은 시대를 버려야 했던 것인가? 이것이 시대적 숙명이라면, 낡은 성냥갑처럼 버려야만 하는 것은 과연 무엇인가? 주영섭의 시 〈바·노바〉는 바로 이러한 질문을 떠올리게 하는 장면에서 끝이 난다.

그런데 소설 〈실화〉를 보면, 이상은 신주쿠의 NOVA에서 술을 마시며 주영섭의 시 〈바·노바〉에서 그려내고 있는 허망한 열정 대신 '나'의 의식을 통해 정지용의 시 〈카페·프란스〉를 인유하고 있다. 소설 속에서 NOVA의 풍경을 그려놓은 대목은 바로 다음과 같은 부분이다.

마담은 루바슈카. 노바는 에스페란토. 헌팅을 얹은 놈의 심장을 아까부터 벌레가 연해 파먹어 들어간다. 그러면 시인 지용芝鎔이여! 이상李箱은 물론 자작의 아들도 아무것도 아니겠습니다그려!

이 대목이 정지용의 시 〈카페·프란스〉의 패러디에 해당하는 것은 이 시를 읽어본 적 있는 사람들이면 쉽게 짐작할 수 있다. 이상은 왜 NOVA의 풍경을 놓고 정지용의 시 〈카페·프란스〉를 떠올리고 있는 것인가? 그 이유는 이 시가 그려내는 특이한 시적 공간과 그 정서를 통해 설명할 수밖에 없을 것이다. 정지용이 시에서 그렸던 카페 프란스는 1920년대 후반 교토의 대학가에 자리 잡고 있던 작은 카페였다. 그러므로 NOVA의 풍경과는 전혀 다를 수밖에 없다.

동경 신주쿠의 NOVA는 1930년대 중반 제국의 수도 한복판에 자리하고 있던 곳으로, 젊은이들에게는 최고의 낭만 혹은 퇴폐에 해당한다. 〈실화〉 속의 '나'는 신주쿠의 술집 NOVA에서 설익은 불란서 말로 파리의 낭만을 흉내 내는 암울한 퇴폐를 구경한다. 그리고 바로 이러한 모조된 공간으로 조립되어 있는 동경에 대해 크게 실망한다. 서구 제국을 따라 흉내 내기에 목을 매고 있는 일본이라는 거대한 제국의 실체가 거기에 얼비치고 있었기 때문이다. 그래서 주인공인 '나'는 NOVA의 분위기에 젖어들기 전에 시인 정지용을 떠올린다.

〈카페·프란스〉에서 '나는 자작의 아들도 아무것도 아니란다. / 남달리 손이 희여서 슬프구나! // 나는 나라도 집도 없단다. / 대리석 테이블에 닿는 내 뺨이 슬프구나!' 하고 노래했던 식민지 지식인 청년의 비애를 그대로 느낄 수밖에 없었던 것이다. 그리고 이 같은 비애의 정서를 바탕으로 '나'는 스스로 자신의 잘못된 동경행을 반성한다. 현해탄을 건너면서 망토 깃을 날

리던 청년 시인 정지용은 망토에 붙어 있는 금단추를 모두 떼어 내어 바다에 던짐으로써 자의식의 굴레를 벗어나지 않았던가?

*

　이상의 동경행은 '인심 좋고 살기 좋은 한적한 농촌'으로 비유했던 경성으로부터의 탈출을 뜻한다. 그러나 이 탈출은 문명으로의 길이 아니다. 일찍이 오스카 와일드는 문명에 도달할 수 있는 길이 오직 두 개가 있을 뿐임을 갈파한 적이 있다. 하나는 교양을 습득하는 길이요, 다른 하나는 퇴폐에 빠져드는 길이다. 문명의 의미에 이렇게 명징한 토를 달아놓은 것을 나는 달리 본 적이 없다. 이상은 동경으로의 탈출을 생의 전환으로 삼고자 욕망한다. 그러나 이 전환이 그를 안내한 것은 교양의 길도 퇴폐의 길도 아니다. 그것은 죽음의 길이었을 뿐이다. 이상은 자신의 죽음이 동경에서 자신을 기다리고 있다는 사실을 알아차리지는 못한다. 그는 동경에서 혼자서 죽는다.
　1937년 4월 21일《조선일보》학예면에 '작가 이상李箱 씨 동경서 서거'라는 제목으로 아주 짤막한 기사가 실렸다.

　작가 이상 씨는 문학적 수업을 하기 위해서 동경으로 건너갔던

바 숙아宿痾인 폐환이 더쳐서 매우 신음하던 중 지난 17일 오후 본향구 3정목 제대부속병원에서 영면하였다. 유해는 방금 그 부인이 수습 중에 있는데 근일 다비茶毘에 부친다고 한다.

이 짧은 두 개의 문장이 이상의 죽음을 알리는 공식적인 기록이다. 이상의 죽음을 알리는 이 짤막한 기사에는 그동안 한국 문단에서 풀어내지 못한 여러 개의 수수께끼들이 포함되어 있다. 이 신문이 전하는 내용대로라면 이상은 문학 수업을 위해 동경을 택했던 것임을 알 수 있다. 그러나 이상이 동경에서 머물렀던 반년 동안 무엇을 했는지에 대해서는 여전히 모든 것이 베일에 가려져 있다.

이상은 새로운 학문과 예술에 뜻을 두고 동경에 간다고 했지만 여행객 신분으로 동경에 묵고 있었다. 그가 문학 수업을 위해 동경으로 갔다면, 어디서 어떤 일을 했는지 궁금하지 않을 수 없다. 하지만 이 같은 의문을 해결해줄 만한 어떤 단서도 발견되지 않는다. 물론 젊은 시인이자 소설가인 이상의 동경 여행 정도로 간단히 설명할 수도 있다. 당시 동경은 동아시아에서 현대 문명과 예술의 중심지였고 이상은 동경을 꿈꾸어왔던 것이 사실이다.

이상의 동경 체류 기간은 반년 정도의 짧은 기간에 불과하다. 이 기간 중에 이상은 동경 니시간다 경찰서 유치장에 한 달 가량 구금되어 있었고, 동경제국대학 부속병원에 몇 주간 입원해 있었다는 점을 계산에 넣는다면, 실제로 그가 동경에서 활동했던 기간은 넉 달 정도에 지나지 않는다. 이 짧은 기간은 전위적인 이상을 교양의 길로 이끌기에도 충분하지 않고, 도덕을 거부한 이상을 퇴폐의 길로 끌고 가기에도 넉넉하지 않다. 이상의 동경 생활의 흔적은 남아 있는 것이 거의 없다. 그가 동경에서 무엇을 했는지 누구와 만났는지 등을 확인할 수 있는 자료도 별로 없다. 이상은 동경에서 어떤 날개를 꿈꾸었던 것인가?

이런 질문은 다시 이상이 그린 신주쿠의 술집 NOVA로 우리를 이끈다. 이상의 소설 〈실화〉의 한 장면 속에 자리 잡고 있는 술집의 풍경은 주영섭의 시 〈바·노바〉를 패러디하여 서사적으로 변용한 것으로 볼 수도 있다. 그 이유는 이상이 소설 속의 NOVA에서 정지용의 시 〈카페·프란스〉를 인유하는 것으로 자기 심경을 표현하고 있었기 때문이다. 여기서 이상이 신주쿠의 NOVA에서 무엇을 생각했을까를 다시 묻는 것은 아무런 의미가 없다. 왜냐하면 이상은 실제의 공간인 NOVA를 보면서 정지용의 〈카페·프란스〉를 떠올렸기 때문이다. 이것은 이상 자신이 정지용과 같은 자의식에 공감하고 있었음을 말해준다. 이상은 주영섭의 〈바·노바〉가 그려내는 퇴폐의 감각에 더 깊이 빠져들

지 못한다. 이러한 태도가 바로 이상 자신의 '19세기적인 도덕'
을 말해주는 것일지도 모르지만, 구인회 세대인 이상과《삼사문
학》세대인 주영섭이 가지는 감각의 차이일 수도 있는 일이다.

#고흐가 그린 밤의 카페

빈센트 반 고흐가 남프랑스의 해변 도시 아를Alres에서 활동했던 것은 불과 15개월에 지나지 않는다. 그러나 1888년 2월부터 1889년 5월까지 이어진 이 시기는 고흐의 예술에서 결코 지울 수 없는 극적 장면으로 채워진다. 이 짧은 기간 동안 그는 약 200점의 크고 작은 그림을 남겼고 동생 테오와 주변의 화우에게 자신이 그리고 있는 그림을 설명하기 위해 많은 편지를 썼다. 스스로 자기 그림의 지향점을 확인하고 그 성과에 대한 예술적 확신을 널리 알리고 싶었던 것이 아닌가 생각된다.

고흐가 파리를 떠나 아를로 옮긴 것은 그의 미술에서 하나의 전환점이 된다. 그는 가난한 화가였지만 그의 영원한 지지자였던 동생 테오의 도움으로 아를의 새로운 생활을 시작한다. 테오

183

는 파리에 남아서 형의 미술을 파리의 젊은 화가들에게 알리고, 고흐는 아를에 도착한 후 따스한 아를의 자연 속에서 꽃이 피어나는 과일나무 연작에 손을 대며 그림에 집중한다. 그 그림들은 그가 파리에서 활동하던 인상파 화가들에게서 조금씩 거리를 두기 시작했음을 보여준다.

고흐는 작은 아틀리에를 꾸민 후 그의 오랜 벗인 고갱을 아를로 불러들인다. 그는 화가 공동체로서 함께 생활하며 그림 그리기에 몰두하고자 했다. 하지만 두 사람의 조화로운 관계는 오래가지 않아 파탄을 맞았다. 둘 사이에 예술에 대한 견해 차이가 생기자 언쟁 끝에 고흐는 스스로 자기 귀를 잘라버린다. 고갱은 다시 파리로 돌아갔고 고흐는 병원에 입원함으로써 아를의 생활을 마감한다.

나는 전에 오르세 미술관의 그림들을 돌아본 후에 고흐의 아를 시대 그림에 흠뻑 빠졌다. 남프랑스의 아를을 구경하고 싶었지만 끝내 이 작은 해변의 도시를 찾아보지는 못했다. 오르세 미술관 소장품 순회 전시를 하는 동안 나는 도쿄에서 다시 고흐의 그림을 만났고, 미국 보스턴에서도 비슷한 성격의 전시를 둘러볼 수 있었다. 성격은 좀 다르지만, 서울에서도 오르세 미술관의 고흐를 보았다. 그때마다 나는 다시 고흐의 아를 시대를 생각했다.

＊

고흐는 남프랑스 해변 도시인 아를의 아름다운 밤 풍경을 좋아했다. 이 시기에 고흐가 '밤'에 대해 관심을 가지게 된 것은 여러 가지 의미를 지닌다고 할 수 있다. 그는 밤하늘에 빛나는 무수한 별을 동경했다. 그리고 그 별들을 자신의 화폭에 옮겨놓으려고 했다. 캄캄한 밤이지만 그 어둠 속에서도 고흐는 거기 잠겨 있는 특이한 색조와 감추어진 사물의 구도를 찾아내고자 했다.

지도에서 도시나 마을을 가리키는 검은 점을 보면 꿈을 꾸게 되는 것처럼 별이 반짝이는 밤하늘은 늘 나를 꿈꾸게 한다. 그럴 때 묻곤 하지. 왜 프랑스 지도 위에 표시된 검은 점에게 가듯 창공에서 반짝이는 저 별에게 갈 수 없는 것일까?
타라스콩이나 루앙에 가려면 기차를 타야 하는 것처럼 별까지 가기 위해서는 죽음을 맞이해야 한다. 죽으면 기차를 탈 수 없듯 살아 있는 동안에는 별에 갈 수 없다. 증기선이나 합승마차 철도 등이 지상의 운송수단이라면 콜레라 결석 결핵 암 등은 천상의 운송수단일지도 모른다.
늙어서 평화롭게 죽는다는 건 별까지 걸어간다는 것이지.

_빈센트 반 고흐, 《반 고흐, 영혼의 편지》 중에서

고흐는 1888년 6월 동생 테오에게 보낸 이 편지에서 별이 반짝이는 밤하늘이 자신을 꿈꾸게 한다고 밝히고 있다. 태양 아래 빛나는 햇살과 그 눈부신 햇살이 빚어내는 아름다운 사물의 형상에 매료되어 있던 파리의 인상파 화가들과는 달리 고흐는 밤하늘에 잠겨 있는 별빛의 잔광을 놓치지 않았다. 그는 별을 보면서 눈에 보이지 않는 미지의 세계를 꿈꾸고 있었다.

아를 시대를 대표하는 그의 그림〈론강의 별이 빛나는 밤〉(1888)을 보면, 전체적인 구도가 화폭을 가로지르는 밤하늘과 강물이 대부분을 차지하고 있다. 그는 특이하게도 어두운 하늘에 빛나는 별과 그 별빛 아래 강물 위로 반사되는 가스등의 불빛을 대비하고자 했다. 이것은 명멸하는 빛의 파장을 찾아가는 그의 예술혼의 궤적을 그대로 암시한다.

하늘에는 북두칠성이 노랗게 꽃처럼 반짝인다. 그리고 그 아래로 하늘과 강물이 맞닿은 곳이 강의 건너편이다. 불빛이 군데군데 별처럼 박히어 강물에 반사된다. 작은 물결에 반사되는 불빛에서 그 미세한 파문의 일렁임을 볼 수 있다. 이 아름다운 밤 풍경을 대면하고 있는 화가는 지금 화폭의 맨 아래쪽에 자리하고 있어야 한다. 강가의 둔덕이 조금 솟아 드러나고 그 옆으로 두 남녀가 서 있다. 그 남녀의 뒤로 강가에 대놓은 두 척의 작은 배가 장식처럼 돛을 내린 채 정박해 있다. 밤하늘 아래 땅은 발을 딛을 정도로 좁게 처리함으로써 화가의 시선이 땅을 떠나 있다는 걸 알 수 있다. 이 그림에서 눈에 띄는 것은 무한의 공간으로 확장된 하늘과 그 하늘을 수놓는 별빛이다. 고흐가 별빛에 이르는 길을 죽음이라고 말하고 있는 것은 의미심장하면서도 애잔하다.

＊

고흐는 아를에서 자기가 즐겨 찾던 카페의 밤 풍경을 그렸다. 그의 그림 가운데에는 자기 자신이 특별히 관심을 둔 사물이나 애착을 느꼈던 장면을 소재로 삼았던 것이 많다. 그는 매일같이 드나들던 카페 드 라 가르의 실내 풍경을 관찰하고 이를 〈아를의 밤의 카페〉로 완성했다. 그리고 그 특유의 감각과 시선을 바깥으로 옮겨 〈아를르의 포룸 광장의 카페 테라스〉를 내놓았다. 비슷한 시기에 완성한 〈론강의 별이 빛나는 밤〉을 모두 포함하면 아를의 밤 풍경이 그의 시선을 사로잡았다는 것을 알 수 있다.

고흐의 그림 속의 카페는 어떤 모습일까? 이를 제대로 알기 위해서는 그가 동생 테오에게 보냈던 다음과 같은 편지를 주목할 필요가 있다.

오늘부터 내가 방을 얻어 살고 있는 카페 내부를 그리기 시작할 생각이다. 저녁에 가스 불빛 아래에서 사람들은 이곳을 '밤의 카페'라고 부르는데 밤새도록 열려 있는 카페다. 돈이 없거나 너무 취해서 여관에서 받아주지 않는 '밤의 부랑자들'이 이곳에서 잠시 쉬어간다.

가족이나 조국은 현실보다 상상 속에서 더 매력적인지 모른다. 우리는 가족뿐 아니라 조국에서도 떠난 채 그럭저럭 잘 지내고 있으니 그래서인지 몰라도 나는 항상 어떤 목적지를 향해 떠나가는 나그네처럼 느껴진다. 내가 그 목적지가 어디에도 존재하지 않는다고 말하면 아주 솔직하게 들리겠지.

_빈센트 반 고흐,《반 고흐, 영혼의 편지》중에서

고흐의 〈밤의 카페〉는 그가 아를에서 묵고 있던 호텔의 아래층 카페의 내부를 그려놓은 것이다. 여기서 말하는 카페는 요즘의 커피숍과는 달리 값싸게 술을 마시는 선술집 정도라고 생각된다. 이 그림에서 내 눈에 특이하게 들어온 것은 천장에 매달린 네 개의 가스등이다. 정면의 면에는 둥근 벽시계가 걸려 있다. 시간은 12시 10분을 가리킨다. 밤의 카페라고 했으니 당연히 자정이 막 지난 한밤중의 카페 내부임을 알 수 있다. 주황색 벽면을 배경으로 하여 천장에 매달린 커다란 가스등은 파란 하늘에서 빛나던 별빛처럼 빛이 퍼져가는 파장을 보여주듯, 그렇게 원광을 드러내는 수많은 노란색의 짧은 선으로 감싸여 있다. 가스등이 카페에 있는 사람들의 모습보다 훨씬 크다는 것이 특기할 만하다.

카페의 바닥에는 한가운데에 비치된 당구대를 중심으로 탁자와 의자가 둘러 있다. 하얀 옷을 입은 사내가 당구대 옆에 서 있는데, 의자에 앉은 손님들은 모두 탁자 위에 엎드려 있다. 늦은 밤의 카페 풍경이다 보니 손님들의 지친 모습이 그대로 담겨 있다. 고흐는 이 카페를 두고 '사람들이 자신을 파괴할 수 있고 미칠 수도 있으며 범죄를 저지를 수도 있는 공간'이라고 말하기도 한다. 그리고 그가 자신의 그림을 통해 그려내려고 한 것도 바로 그런 느낌이라고 밝힌다. 그의 표현대로 이 카페의 내부는 부드러운 분홍색의 바닥이 핏빛 혹은 와인빛 도는 붉은 벽과 대비된다. 카운터에 가득 놓인 술병들은 녹색과 청록색을 띠고 있다. 그는 이 그림을 통해 "평범한 선술집이 갖는 창백한 유황빛의 음울한 힘과 용광로 지옥 같은 분위를 부각하려 했다"라고 동생 테오에게 말한다.

고흐의 또 다른 그림〈밤의 카페 테라스〉는 아를 포룸 광장에 있는 카페의 바깥 정경이다. 카페 테라스는 가스등의 불빛을 받아 온통 노란색으로 칠해져 있고 바닥에 가지런히 놓인 야외용 탁자의 흰색 대리석 상판이 돋보인다. 탁자 주변에 옹기종기 모여 앉아 카페 테라스의 밤을 즐기는 손님들도 있고 거리를 거니는 사람들도 보인다. 이 밤의 분위기를 정밀하게 만들어주는 것이 파란 밤하늘과 빛나는 별이다. 명멸하는 별빛을 강조하기 위해 유난히도 크게 여기저기 그려 넣은 별들은 마치 먼 하늘에 여러 개의 달이 떠 있는 것처럼 느껴지기도 한다. 〈밤의 카페〉에서 보여준 카페 내부의 그림들의 불균형과는 달리 〈밤의 카페 테라스〉는 원근법을 지키면서 노란색과 청색의 대조를 통해 공간을 교묘하게 구분 짓고 있다.

*

별은 밤하늘에만 나타난다.

별에게로 가는 길을 죽음이라고 생각했던 반 고흐는 모든 사물을 별의 세계와 인간의 세계로 구분한다.

그가 그린 카페는 그 중간의 어디쯤일까?

#긴자의 카페 파울리스타

누군가 파리를 카페의 천국이라고 했다. 일본 도쿄의 번화가 긴자를 돌아본 사람이라면 '파리'를 도쿄라고 바꾸어도 될 듯하다. 그야말로 긴자의 거리에는 카페가 즐비하게 늘어서 있기 때문이다. 이상의 〈동경〉이라는 수필을 보면 '긴자銀座는 한 개 그냥 허영虛榮 독본'이라고 썼다. 그는 긴자 거리를 어슬렁대다가 카페 브라질에서 들어가 진한 스트레이트 한잔을 들고 귀갓길을 나선다. 긴자는 화려한데 깔끔한 느낌도 없지 않다. 거리에 늘어선 가게 안에서 들려오는 요란스런 음악과 사람들의 큰 목소리가 뒤섞여 너무 시끄러운 것이 썩 내 마음에 들지 않는다.

긴자의 거리에서 가장 오랜 역사를 지니고 있다며 자랑하는
카페가 파울리스타カフェーパウリスタ다. 파울리스타PAULISTA라는
이름은 '상파울루의 토박이'를 일컫는 말이다. 우리말에 서울
토박이를 '서울내기'라고 부르는 것과 마찬가지다. 뉴요커, 파
리지앵 등과 비슷하게 쓰이는 말이라고 할 수 있다. 카페 파울
리스타는 긴자 8정목 신바시 근처에 자리하고 있다. 지인의 소
개로 이 카페를 처음 찾았을 때는 약간의 긴장감마저 느껴졌다.
메이지 연간에 처음 문을 열었다고 들었으니, 일본 도쿄에 100
년 가까이 문을 열고 장사를 하는 카페가 있다는 사실에 놀랐던
것이 사실이다.

일본이 브라질 커피에 눈을 뜨게 된 것은 메이지 시대 일본
인 노동자의 브라질 이민에서 비롯된다. 당시 일본은 인구의 증
가에 식량난이 겹치자 노동력 부족 상태의 브라질에 이민을 보
냈다. 이들이 브라질에서 가장 먼저 발견한 것이 바로 브라질의
커피다. 전 세계 커피 생산량의 3분의 1을 차지하고 있던 브라
질에서 일본인 이민자들은 브라질 상파울루주 전속 커피 판매
소를 겸하여 도쿄에 카페 파울리스타를 열었다는 것이다.

메이지 말년에서 다이쇼 연간에 도쿄의 명소 가운데 하나였

다는 카페 파울리스타에 대해서는《일본 카페 흥망기》(2009)
에 그 내용이 잘 소개되어 있다. 이 카페는 당대의 유명 예술인
들이 모여들면서 일본 근대문학에서 이른바 '다이쇼 모더니즘
大正モダニズム'의 거처로 지목되었다. 카페 파울리스타의 주변에
는 언론사와 잡지사도 많았고 외국상사도 밀집해 있었다. 긴자
의 거리 자체는 이미 도쿄의 문화 거리가 되었다. 파울리스타는
개점 당시 커피의 한잔의 가격을 5전錢으로 정했는데, 이것은
당시 다른 카페의 경우에 비해 상당히 헐값이었다. 특히 도넛
한 개를 곁들일 경우 10전이어서 서민층과 젊은 학생층에게 인
기가 많았다.

  카페 파울리스타는 2층에 '레이디스 룸'이라는 여성 전용 공
간을 별도로 열어놓고 카페라는 공간에 여성의 출입을 자유롭
게 보장했다. 긴자 나들이에 나선 주부들도 별다른 거리낌이 없
이 이곳을 찾아 커피를 마시고 담소를 즐겼다. 일본 근대 초기
여성문학의 등장을 말해주는 청탑파靑鞜派가 카페 파울리스타
에 그 거점을 두고 활동하기 시작했다. 당대에 '블루 스타킹'으
로 더 많이 알려졌던 문예지《청탑靑鞜》을 내면서 문단에 존재를
과시했던 히라쓰카 라이죠를 비롯하여 요사노 아키코, 다카무
라 지에코, 이토 노에, 오다케 베니요시 등이 청탑파의 일원이
었다. 이들은 카페 파울리스타의 2층에 블루 스타킹을 신고 한

껏 멋을 내고 모여들어서는 브라질 커피를 즐겼다. 그리고 일본 여성의 해방을 주장하면서 신사상을 소개하였다. 그러면서 파울리스타는 자연스럽게 근대 일본 자유주의의 발상지라는 이름을 얻기도 했다.

카페 파울리스타는 경영 면에서도 대성공을 거두었다. 파울리스트의 5전짜리 커피 한잔으로 하루를 시작한다는 말이 나올 정도가 되었다. 손님이 밀려들기 시작하면서 하루 4천 잔의 커피가 팔렸다고 하니 그 성가를 인정할 만하다. 전국 대도시에 파울리스타의 지점이 문을 열었다. 지금도 일본인들 사이에 긴자 나들이를 '긴브라銀ブラ'라고 말한다. 이 말도 카페 파울리스타에서 비롯되었다는 설이 있을 정도다. 파울리스타에서 한잔 5전의 커피를 마시고 긴자를 거니는 것이 하나의 유행이 될 정도였다는 것이다.

이 무렵에 일본 사회에 신조어인 '모보モボ'와 '모가モガ'라는 말이 등장했다. '모보'는 '모던 보이'의 약어이고, '모가'는 '모던 걸'의 약어이다. 이 말은 1920년대 후반부터 우리나라에도 유행어가 되었다. 당시 '모보'라고 불렸던 멋쟁이 청년들은 둥글고 굵은 셀룰로이드 테의 안경을 썼다. 미국의 희극 배우 로이드Lloyd, Harold Clayton가 쓰고 영화에 출연하면서 '로이드 메가네'라는 말이 생길 정도로 이색적이었던 이 특이한 안경은 젊

은이의 패션 중 하나였다. '모보'는 올백 스타일의 머리에 화려한 넥타이를 맸고 '세라 쓰봉'이라고 했던 수병들이 입는 나팔바지 패션으로 멋을 부렸다. 새로운 유행을 쫓는 모보들이 카페 파울리스타에 넘쳐났다. 그리고 그들과 함께 '모가'들도 따라 들어갔다. 당시의 '모가'는 주로 여급이나 댄서가 많았는데, 숍걸이라고 부르던 상점의 여성 종업원, 버스 안내원, 전화 교환원 등과 같은 새로운 직장에 취직한 젊은 여성들도 많았다. 그들은 대부분 단발머리에 진하게 눈썹을 그리고 줄무늬 양장에 도발적인 짧은 스커트를 입고 약간 몸을 뒤로 젖힌 채 길을 걷는 멋쟁이 여성들이었다. 카페 파울리스타는 아침 9시에 문을 열고 밤 11시에 문을 닫았다. 업무를 마친 젊은이들은 긴자의 파울리스타로 몰려들었다. 당시 카페 파울리스타는 긴자의 거리를 지나는 행인에게 커피 시음권도 나누어주었다. 그 시음권에는 '악마와 같이 검고, 지옥처럼 뜨겁고, 연애와 같이 달콤한 커피'라는 선전 문구가 적혀 있었다.

*

　나는 일본 도쿄에 갈 때마다 카페 파울리스타를 들른다. 1936년 도쿄에 머물렀던 이상을 흉내 내어 거기서 파는 브라질 커피를 스트레이트로 마시기도 한다. 그런데 나중에 알고 보니 지금의 카페 파울리스타는 메이지 연간에 문을 열었던 원래의 가게가 아니었다. 나는 좀 실망했다. 파울리스타에 앉아 괜스레 긴장했던 내 모습에 혼자서 웃었다. 원래의 카페 파울리스타는 지금의 그곳과 달리 긴자 6정목에 자리하고 있었다는 것이다. 그런데 1923년 관동대지진으로 점포가 붕괴된 후 아예 문을 닫았다. 지금의 카페 파울리스타는 지난 1970년에 다시 문을 열었고 옛날의 모습을 살려내고자 실내장식에 신경을 썼다고 했다. 나는 갑자기 흥미가 사라졌다. 그래도 갓 볶아낸 브라질 커피 한 봉지를 마음먹고 살 수 있는 곳이 카페 파울리스타라는 사실은 부인하고 싶지 않다.

#꽃 도둑이라는 이름의 카페

꽃 도둑花泥棒.

'하나도루보はなどろぼう'라니……

나는 그 옥호屋號가 마음에 들었다. 내가 살던 곳에서 가까운 도쿄 시부야의 뒷골목에 자리 잡고 있는 커피숍이다. 근처에 조금 조용한 커피숍을 하나 알아두었으면 좋겠다는 내 말에 동경의 지인이 안내한 곳이다. 일본 도쿄는 길가에 카페가 많기로 유명하다. 그리고 손님도 언제나 많다. 큰길가의 카페는 대개 '르노아르', '베니스', '코르도바' 등의 서양식 이름 간판을 달고 있는데, 시끄럽고 담배 피우는 사람들이 많아 숨이 막힐 정도다. 진한 커피를 좋아하는 내가 담배연기를 피해 찾을 수 있는 카페가 그리 흔하지 않다. 그런데 이 집은 큰길에서 두어 블록을 거쳐 들어온 작은 골목길 모퉁이에 자리 잡고 있다. 게다가 가타카나로 굵게 쓴 서양식 옥호의 간판도 없다. '꽃 도둑' 또는 더 멋지게 '꽃을 훔친 사내'라고 번역해도 좋을 만큼 작고 예쁜 간판이 걸려 있다. '꽃 도둑'이라는 말이 자아내는 정취가 특이하다.

나는 계단을 올랐다. 두꺼운 나무판으로 된 계단 바닥이 수많은 발자국에 닳아 절반쯤은 홈이 패어 있었다. 삐걱 소리조차 운치가 있다. 문을 밀치니 문 뒤에 달아놓은 작은 방울이 땡그랑 땡그랑 울렸다. 한눈에 실내의 정경이 들어찼다. 구석 자리에 중년의 남자 둘이 앉아 있고, 홀 중간에 세련된 정장 차림의 젊은 여성 셋이 이야기를 하고 있었다. 왼쪽 구석에는 데이트를 즐기는 한 쌍의 젊은이가 내게 힐끗 시선을 던졌다. 나이가 좀 들어 보이는 남성이 홀 중앙에 설치한 조리대 안쪽에서 커피 주전자를 손질하고 있었다. 검정색 나비넥타이에 흰 와이셔츠 차림이었다. 하얀 블라우스와 검은색 스커트, 짧은 커트 머리가 단정해 보이는 여종업원이 커피 잔을 정리하다가 문 앞으로 나오며 우리를 맞이했다. 그리고 조리대 앞쪽으로 붙여놓은 작은 탁자 쪽으로 안내했다.

나는 진한 마호가니 빛의 탁자가 마음에 들었다. 실내의 벽에는 그 흔한 복제품 명화 한 장도 붙어 있지 않다. 유리문을 달아놓은 윤기 나는 다갈색의 진열장이 벽에 잇대어 놓여 있는데, 그 안에 온갖 무늬의 커피 잔이 진열되어 있었다. 자리에 앉아 한숨을 돌리자 여종업원이 탁자 위에 차림표를 펼쳐놓고는 진열장을 가리키며 작은 목소리로 말을 했다. 나는 무슨 말인지 몰라 지인에게로 눈을 돌렸다.

"어떤 커피를 드시겠냐고 묻는데요. 커피 잔은 저기 진열장에서 고르셔도 좋고요."

지인이 대신 말을 전했다.

"저거 장식용이 아닌가요?"

내가 약간 뜻밖이라는 듯이 묻자, 여종업원이 지인에게 설명하기 시작했다.

"저쪽 진열장의 커피 잔은 모두 150여 년 전에 영국 왕실용 도자기로 만들어졌던 것들이고, 이쪽의 것들은 메이지 초년에 화란에서 들어온 것들이라고 해요."

"정말?"

"저기서 마음에 드는 찻잔을 골라보시라네요."

나는 곁에 서서 우리의 대화를 지켜보고 있는 여종업원을 더 이상 기다리게 해서는 안 되겠다고 생각했다. 손을 들어 왕실용 도자기 쪽을 가리키자, 여종업원이 진열장을 열고 커피 잔과 접시를 꺼냈다. 그러고는 조리대 쪽으로 가서 뜨겁게 끓고 있는 물통 속에 살짝 담가놓았다. 조리대 안쪽에서 주전자를 돌보고 있던 주인 남자가 지인에게 눈인사를 했다. '한국에서 온 선생님'이라고 나를 소개하자 그가 내게도 인사를 해왔다. 눈매가 날카롭고 얼굴이 좁지만, 웃는 표정이 순해 보였다. 나도 눈인사를 했다.

"이제 커피를 고르시지요."

지인이 탁자 위의 차림표를 가리켰다. 나는 두툼한 가죽 겉장을 넘겼다. 그러자 온갖 종류의 커피 이름이 적혀 있었다. 나는 가격표를 보고 속으로 놀랐다. 대학 근처에 있는 커피숍의 300엔짜리 커피 맛도 괜찮다. 그런데 이 집에서는 가장 저렴한 것이 600엔이었고 대부분 1,500엔 정도로 표시되어 있었다. 오른쪽 차림표에는 2,800엔짜리 커피도 여러 가지가 있었다.

"대단하네요."

내 말에 지인은 내가 비싼 커피 값에 놀라고 있음을 금방 눈치챘다.

"갓 볶아낸 원두를 직접 갈아서 커피를 우려내니까 맛이 좋아요. 정말 프레쉬 하지요. 그리고 맛있는 고급 파이 두 쪽을 함께 내놓으니까요."

나는 얼떨결에 그냥 '오늘의 커피'를 주문했다. 주인이 우리를 건너다보면서 "모카 시다모"라고 했다. '오늘의 커피'는 원두가 '모카 시다모'라는 것이다. 주인 남자와 지인 사이에 내가 제대로 알아듣지 못하는 일본말이 빠르게 오갔다. 아마도 지인은 나와 다른 종류의 커피를 특별 주문한 것 같았다.

나비넥타이의 사내가 커피를 내리는 모습은 참 오래전의 기억 속에 남아 있다. 서울 광화문 네거리의 기념비각 옆쪽에 1970년대 초기까지 '귀거래'라는 다방이 있었다. 관공서가 밀집해 있고 언론사들이 근처에 있어서 점잖은 남자 손님들이 주로 많이 찾던 다방이다. 우연히 이 다방에 들렀더니 조리대 앞에 검정색 나비넥타이를 맨 중년의 사내가 요샛말로 바리스타였다. 거의 표정이 없이 커피를 내리고 커피 잔을 만지는 솜씨가 예사롭지 않았다.

내가 잠깐 옛날 생각을 하는 동안 지인은 호박파이 두 쪽을 주문했다. 그러고는 "저분이 이집 주인인 것 같아요"라면서 내게 커피 내리는 바리스타의 솜씨를 좀 구경하라고 했다. 주인 남자가 조리대 아래에 늘어놓은 커다란 커피 통에서 원두를 큰 수저로 퍼내더니, 조리대 구석의 작은 플라스틱 저울접시에 원두를 올려놓았다.

"뭘 하는 거죠?"

내가 궁금하여 물으니, 지인 웃으면서 대답해주었다.

"커피 분량을 저울로 재는 거죠. 선생님이 주문하신 커피와

제가 주문한 커피가 각각 종류가 다르니까, 아마 시간이 좀 걸릴걸요."

"기대가 되네요."

나는 이렇게 말하면서도, 커피 한잔 내리는 데에도 유난스러워 보일 정도로 정성을 드리는 일본인의 모습에 벌써 기가 질렸다. 주인은 커피 원두의 분량을 정확하게 측정한 후에 수동식 커피밀을 돌려 커피를 갈아냈다. 참으로 진지한 표정으로. 커피 갈기가 끝나자, 이번에는 주전자의 끓는 물을 큰 볼에 따랐다. 그리고 작은 잠자리채 같은 모양의 거름 채에 커피를 넣더니, 그걸 볼의 뜨거운 물에 잠갔다 들었다 네댓 번씩 반복했다.

'아하, 모두 손으로 하는구나.'

나는 속으로 감탄했다.

"거름종이를 이용해도 되는데, 이 집에서는 꼭 융 드립을 고집해요. 그래야 적당하게 커피가 우러나오는 모양이에요."

내 표정을 살피면서 지인이 설명을 곁들였다.

나는 주인의 진지한 모습과 그 섬세한 손놀림이 약간 부담스러웠다. 커피 한잔을 가지고 무얼 저렇게까지 해야 하는지 모르겠다고 혼자 속으로 생각했다. 일본인들이 자랑하는 '다도'라는 것이 있긴 하지만 커피에 무슨 '커피도' 같은 것이 있을 리가 없다. 어디서나 가볍게 마실 수 있는 것이 커피다.

커피 두 잔이 다 만들어지자, 종업원이 그것을 내왔다. 여종 업원이 커피를 나수는 품도 여간 정성이 아니다. 커피 잔의 손잡이가 오른쪽으로 오도록 탁자에 내려놓고 접시에 티스푼을 놓을 때도 소리를 내지 않으려고 애썼다. 그리고 가장자리에 장미 무늬가 박힌 접시에 노란 호박파이 두 쪽을 담아 탁자 가운데에 놓았다.

"드셔보세요. 커피 맛이 어떤지."

나는 커피 잔을 들고 가만히 입가에 대었다. 모카 향이 코끝을 스치고 약간 진하게 혀끝을 자극하는 커피 맛이 제격이다. 내 입맛에는 좀 진하다 싶었지만 마음이 흐뭇했다. 커피 한 모금을 마시고는 그저 가벼이 고개만 끄덕였다.

"마음에 드시는 걸 보니, 다행이네요."

나는 오랜만에 제대로 된 커피 맛을 즐겼다. 그러나 커피숍 '꽃 도둑'에서 나는 그 커피 맛에만 반한 것이 아니다. 커피 한 잔을 만들어내는 사람들의 그 자잘한 정성이 마음에 들었다. 그래서 나는 기꺼이 도쿄에 머무는 동안 이 커피숍을 단골로 이용하리라 다짐했다.

그 뒤 2년이 지났을 때, 나는 깜짝 놀랐다. 카페 '꽃 도둑'이 사라진 것이다. 카페가 있던 2층까지 모두 아래층처럼 여성 의

류점으로 바뀌었다. 내가 몹시 서운해하면서 그 이야기를 지인에게 했더니, 몇 달 전에 문을 닫았다고 말해줬다. 스타벅스니 무어니 하면서 커피숍 체인점들이 늘어나고, 젊은이들이 그곳으로 몰려가니 장사가 힘들었을 거라는 설명이다.

#카페 스트라다

버클리대학 캠퍼스 남쪽으로 큰길을 건너면 카페 스트라다 Caffe Strada가 자리 잡고 있다. 이 카페의 밤 풍경은 언제나 매혹적이다. 가스난로가 머리 위에 등불처럼 매달려서 그 연한 불빛이 바닥으로 떨어진다. 캠퍼스의 잔디밭 위에서 보면, 길 건너의 아득한 풍경이 마치 물위에 떠 있는 배처럼 눈에 들어온다. '거리'라는 이름의 이 대학가 카페는 길모퉁이에 자리하고 있어서, 앞마당과 옆의 공간을 모두 노천카페로 이용한다. 입구 쪽의 기둥에 등불처럼 달아놓은 가스난로 아랫자리에는 머리가 희끗한 노신사가 잠자코 신문을 펼쳐들고 있다. 구석 자리의 젊은이들은 모두 커다란 커피 잔을 탁자 위에 늘어놓고 담론에 한창이다. 여기저기 노트북을 켜놓고 글쓰기에 몰두하는 학생들이 많다. 제법 밤이 늦었는데, 이 카페는 여전히 성업 중이다.

나는 일주일에 두세 번 아침 출근길에 카페 스트라다에 들러서 아메리카노 톨 사이즈 한잔을 테이크아웃으로 주문했다. 대개 콜롬비아 커피를 다크 로스팅한 '오늘의 커피'는 아메리카노로 마셔도 에스프레소의 향미를 제법 느낄 수 있을 정도로 진하다.

내가 이 카페의 매력에 빠진 것은 더스틴 호프만이 출연했던 영화 〈졸업〉의 한 장면이 연상되어서가 아니다. 이 전통의 대학가 거리에는 카페 스트라다보다 더 진지한 모습으로 자그마한 간판을 내걸고 있는 예쁜 카페들이 즐비하고, 어디를 가든지 커피 맛이 진한데 대개는 홀 안이 좁고 소란스럽다. 그런데 카페 스트라다는 홀의 내부에 어지럽게 널린 의자와 탁자보다는 바깥에 설비해놓은 노천카페의 좌석이 훨씬 자유롭다. 아니, 자유롭다는 말보다 여유롭다는 것이 더 적당할 것이다. 낡은 목제 의자와 철제 탁자들이 이리저리 놓여 있지만 옆 좌석에 앉아 있는 손님의 눈치를 볼 필요가 없을 정도로 간격이 적당하다. 어느 자리를 차지하고 있든지 간에 나만의 시간을 알맞은 자리에서 즐길 수 있다는 것을 여기 찾아오는 손님들은 모두 알고 있다. 그래서 이 카페의 손님들은 좀 더 느긋하다. 노천카페의 가장자리는 상록의 애기동백나무가 울타리처럼 들러서 있다.

　카페 스트라다는 아침 시간이 늘 부산하다. 아침 해가 버클리 언덕 위로 솟아올 때부터 이 카페 주변이 모두 살아 움직이기 시작한다. 아침 강의 시간에 쫓기는 학생들이 카페에 들러서 샌드위치나 베이글 한 개를 사고 커피 한잔을 주문한다. 계산대 앞에 주문하는 사람들이 두 줄로 길게 늘어서 있다. 아주 빠른 손의 두 사내가 커피머신 앞에서 바쁘게 움직인다. 주문을 받는 히스패닉 계통의 비양카 양은 언제나 미소를 짓는다. 그리고 손님이 올 때마다 "좋은 아침"을 외친다. 그리고 '넥스트!'를 연발한다. 홀 안에는 여유 있게 자리를 잡고 앉아 커피를 마시는 노교수도 있고, 커다란 노트북을 펼쳐놓고 이른 아침부터 카페 사냥에 나선 여학생도 있다. 그러나 어수선한 분위기를 어찌할 수는 없다. 노천카페의 나무 의자에 앉아《버클리언》을 읽고 있는 여교수님도 있지만 나는 굳이 자리를 찾아 앉고 싶지 않았다. 아침나절에는 나도 학생들처럼 바쁘게 움직이고 싶은 것이다.

　카페 스트라다는 오후가 되면 빛이 난다. 해가 서편으로 기울기 시작하면 멀리 샌프란시스코 항구를 끼고 도는 바다 위로 반사되는 햇살까지 더해져서 하늘이 한없이 맑고 밝고 푸르다.

노천카페에는 적당하게 아가위나무와 등나무 덩굴이 어우러져 오후의 햇살을 가리지만 눈부신 태양을 일부러 피하려 드는 사람은 찾아볼 수 없다. 자리를 차지하고 있는 사람들은 모두가 오후의 느긋함을 즐긴다. 이런 분위기라면 반드시 동반자가 있을 필요는 없다. 카페 스트라다에서는 바로 옆자리를 비워둔 채 누군가를 기다리는 것처럼 혼자 앉아 있어도 남의 눈치를 살필 필요가 없다. 한번은 슬리퍼 차림으로 두툼한 책과 노트북을 들고 기숙사에서 나온 학생이 내 앞자리의 의자를 써도 되느냐고 물은 적이 있다. 그때 나는 기꺼이 그 자리를 권했다. 그러자 학생은 탁자 한쪽에 커다란 원서 두어 권과 노트북을 올려놓은 뒤에 커피를 가지러 안으로 들어갔다. 나는 노트북 아래 놓인 책 등에 적혀 있는 제목을 보며 그 책이 마지막 인디언 '이시Ishi'에 대한 책이라는 걸 알고는 괜스레 기분이 좋았다. 흔해빠진 컴퓨터 관련 서적이 아닌 것을 보면 대학원 학생일지도 모른다고 상상하기도 했다.

　카페 스트라다는 오후 시간이 뒤로 밀릴수록 점차 분주해진다. 네 시가 지나면 이곳에서 커피를 사들고 다시 학교로 들어가는 학생들이 많아진다. 주문대 앞에 가보면 대개 카푸치노를 택한다. 이곳 카푸치노는 커피에 올려주는 휘핑크림이 달콤하기로 유명하지만 나는 그걸 좋아하지 않는다. 커피 맛은 사라지고 우유와 크림 맛으로 커피를 마시는 것이 싫다. 그렇지만 조리대 안에서는 연신 우유 거품 내는 소리가 쉬이잇 쉬이잇 시끄럽다. 나는 한국에서 가져온 여성 작가의 소설책《언제가 떠내려가는 집에서》를 여기 앉아 몇 시간 동안 다 읽었다. 주위를 둘러보니 영어책이 아닌 책을 펼쳐놓고 있는 사람은 나밖에 없었다.

얼마 전에 서울에서 알고 지냈던 교수 한 분이 일부러 내 연구실을 찾아왔다. 나는 바쁜 여정에도 나를 찾아준 것이 그저 고마워서 커피 한잔을 하자며 함께 카페 스트라다에 들렀다. 그 교수는 처음 보는 카페의 분위기가 너무 좋다고 했다.

"이런 카페가 서울에도 몇 군데 있었으면 좋겠네요."

그분이 커피가 아닌 시원한 오렌지주스를 찾기에, 나는 오렌지주스와 커피를 모두 주문했다. 그리고 카페 스트라다의 커피를 한번 맛보라고 권했다.

"이곳에 자주 오세요?"

"일주일에 두세 번."

"아, 단골이시네요."

나는 카페 스트라다의 분위기에 빠져든 그 교수에게 책에서 읽었던 1960년 미국의 학생운동 이야기부터 시작하여 젊은이들의 터전이었던 카페 스트라다를 소개했다. 당시 미국의 학생들이 내세웠던 구호가 '텔레그라프에서 워싱턴 DC까지From Telegraph to Washington D.C.'였다는 사실과, 대학의 남쪽 문 앞에서 직선으로 뚫린 큰길이 텔레그라프라는 것도 상기시켜 주었다.

"요새 학생들은 그런 역사나 유래 같은 건 상관없어요. 공간에 대한 기억이라는 것이 모두 사라졌지요. 저 학생들은 컴퓨터의 가상현실과 씨름 중이니까요."

내 말에 그 교수는 선뜻 동의하지 않았지만, 카페 스트라다의 분위기에는 그도 흠뻑 젖어들었다.

"1990년대 후반까지도 텔레그라프 거리에 좋은 책방이 여럿 있었지요. 20세기 마지막 10년을 정리하려는 수많은 사회문화 관련 서적들이 쏟아져 나왔어요. 그런데 그 많던 서점이 지금은 대부분 문을 닫았지요. 두세 군데 남았지만 들어가보면 손님이 거의 없어요."

내 이야기에 그 교수는 서울도 마찬가지 아니냐고 물었다. 그리고 우리는 함께 자리에서 일어섰다.

카페 스트라다는 해 넘어갈 무렵이면 잠깐 한산하다. 이 시각이 사실은 마음 편하게 이 노천카페를 즐기기에 가장 좋다. 태양이 바다 밑으로 가라앉으면서 서쪽 하늘을 붉게 물들이기 시작하면 버클리 언덕에서 서늘한 바람이 골짜기를 타고 내려온다. 이 바람결이 몸으로 느껴질 때면 머리 위로 가스난로가 켜진다. 등줄기로 따스한 느낌을 받는다. 저물 녘의 카페 스트라다는 혼자서 생각에 잠길 만하다. 따뜻한 커피 한잔을 다시 마시는 것도 작은 행복인데 이런 시 한 수쯤을 뇌이면 마음이 더욱 아늑해진다.

내 세상 뜰 때
우선 두 손과 두 발, 그리고 입을
가지고 가리.
어둑해진 눈도 소중히 거풀 덮어
지니고 가리.
허나 가을의 어깨를 부축하고
때늦게 오는 저 밤비 소리에
기울이고 있는 귀는 두고 가리.
소리만 듣고도 비 맞는 가을 나무의
이름을 알아맞히는
귀 그냥 두고 가리.

_황동규, 〈풍장 27〉

자연을 향해 열려 있는 귀를 그대로 두고 세상을 떠나겠다는 시인의 심사가 그윽하다. 모든 사물이 그 자체의 존재를 드러내는 방식이 소리일지 모르겠다. 그것이 자연의 숨결이겠지만, 이 심연의 가락을 시인은 죽어서도 욕심낸다. 귀를 두고 가겠다는 것은 결국 그 자연의 소리만은 버리고 갈 수 없다는 뜻이 아닌가. 이런 생각을 하고 있노라면 새삼 내 나이가 부끄럽다. 나는 아직도 가지고 가야 할 것이 무엇인지 생각하지 못했다. 더구나 꼭 남겨두고 가야할 것이 있다면 그게 무엇이란 말인가?

카페 스트라다의 외등이 밝혀지면 사방이 수선스럽다. 저녁식사를 이르게 끝낸 젊은 사람들이 여기저기 자리를 잡는다. 이 시간이 되면 나도 슬그머니 자리를 비켜준다. 멀리 버클리 시계탑의 조명이 은은하다. 카페 스트라다는 이렇게 밤으로 떠간다.

#대학로의 학림다방

"이곳에서 얼마나 일하셨나요?"

종업원이 흠칫한다. 이상하다는 표정이다. 내가 그저 웃으며 커피 잔을 들자 그녀는 이내 표정을 누그러뜨린다.

"석 달도 안 되었는데요. 그건 왜 물으세요?"

종업원이 내 표정을 또 훔쳐본다.

커피 잔을 탁자 위에 나수어내는 솜씨가 얌전하기도 하다. 그녀는 우유를 가져다가 커피 잔 옆에 놓고, 스푼도 찻잔 오른쪽 접시 위에 가지런히 얹어놓는다. 요새 젊은이 같지가 않다. 주인이 제대로 훈련을 시켰는지도 모른다.

커피 맛도 상당하다. 찻잔에 입술이 닿을 때 느껴지는 온도가 아주 적당하다. 아마도 찻잔을 따로 데워두었던 모양이다.

찻잔이 차가우면 상긋한 커피 맛을 느낄 수가 없다. 커피도 입을 대기에 적당할 만큼 따뜻하다. 다만 내 입맛에는 좀 더 진했으면 좋았겠지만, 모카 향이 은근한 것이 제법 향미롭게 다가왔다.

다방 안에는 손님이 많지 않았다. 군데군데 자리가 비어 있었고, 창가 쪽 내 자리 옆에 앉아 있는 중년의 여성들이 조금 시끄럽게 수다를 떨고 있었다. 아마도 연극 구경을 마치고 나온 모양인지, 극중 배역들의 연기에 대해 이런저런 토론이 이어지고 있었다. 내 뒤쪽 좌석에 대학생인 듯한 젊은 연인이 이마를 맞대고 앉아 있었다. 거의 옆 사람이 들리지 않을 정도로 소곤거렸다. 아마도 두 사람의 사랑을 다시 확인하는 모양이었다. 구석 자리에는 한 여성이 연신 휴대전화를 붙들고 있다. 약속 시간을 맞추지 못하고 있는 애인을 독촉하는 중일까? 세상은 모두 바뀌었는데 그 모습들은 예나 지금이나 크게 다를 바 없다. 나는 혼자 창 너머로 내다뵈는 대학로 풍경에 취해 보기도 하고, 조금은 낯선 다방 안의 정취에 내가 문득 외따로 있다는 느낌을 가진다. 그럴 법도 하다. 벌써 수십 년이 훨씬 지나지 않았는가?

＊

그 시절 대학로에는 다방이 몇 군데 있었다. 낙산駱山다방은 미대생들이 화실 가운을 걸친 채 자주 드나들었고, 대학다방은 문리대 교수들이 단골이어서 학생들이 함부로 드나들기를 꺼렸다. 그렇지만 문리대 앞에 있는 다방 중에서도 유명한 곳은 당연히 학림다방이었다. 학림은 그 좁은 층계로 모든 사람을 한꺼번에 끌어들였다. 낡은 목조 건물 2층에 자리 잡은 학림다방에 들어서면 언제나 왁자지껄했다. 실내에는 온통 담배연기로 자욱했고, 가끔 차이콥스키나 모차르트의 음악이 흘러나왔다.

오후에 철학 강의가 휴강이 되면, 우리는 으레 이곳에 모여 두툼한 책 몇 권을 탁자 위에 얹어놓고 휴강인 것을 즐거워했다. 그러곤 다음 날 강의 시간에 발표할 자료 정리를 서로에게 미루었다. 아르바이트 월급을 받은 녀석이 있으면 함께 따라나선 친구들에게 커피를 사야만 했다. 주머니 속은 언제나 얄팍했지만 모두가 이 학림다방에만 들어서면 세상을 다 얻은 기분이었다. 이상의 절망을 토론하고, 사르트르의《구토嘔吐》를 이야기하며 앙가주망을 건성으로 떠들어댔던 곳도 학림다방이었다. 김수영의 자유를 목청껏 소리치고 전혜린의 고뇌를 흉내 내도 아무도 상관하지 않던 딴 세상이었다. 이어령의 수사修辭에 열을 올리며《흙 속에 저 바람 속에》를 되뇌고, 최인훈의 밀실을 거침없이 비판했던 곳도 학림다방이었다. 위수령으로 문을

닫은 대학을 군인들에게 내어준 후, 고개를 떨군 채 커피 한잔으로 한나절을 뭉갰던 곳도 학림다방이었다.

학림다방에서는 여덟 번째 4.19를 기억하며 침울해 있어도 상관이 없었다. 갓 문단에 나온 여류 시인을 짝사랑하고 있던 친구 녀석의 참담한 실연담을 몇 시간 동안 들어도 이곳에 있으면 견딜 수가 있었다. 혼자 쭈그리고 앉아 두어 시간 책장을 넘기고 있어도 괜찮았고, 모처럼 만난 고향 친구를 데리고 당당하게 들어설 수 있었던 곳도 학림이었다. 밤새도록 술을 퍼마시고 여관방에 함께 몰려 들어가 눈을 붙인 후 이른 아침에 가방을 챙겨들고 거리로 나와 가장 먼저 들렀던 곳도 학림이었다. 달걀 노른자를 커피에 넣어 주는 학림의 모닝커피로 쓰린 속을 달랜 적이 한두 번이 아니었다.

대학이 관악 캠퍼스에 새 둥우리를 만들었을 때, 문리대 연구실의 짐을 꾸리면서 우리는 모두 새로운 터전으로 옮겨간다는 설렘보다는 변두리로 떠밀려 쫓겨난다는 생각에 침울하였다. 겨울방학 동안에 그 많던 교수 연구실의 책을 꾸리고, 책장을 뜯어내고, 책상을 치운 것은 대학원에 남아 있던 나 같은 무지렁이들이었다. 문리대가 이사를 시작하던 날, 해방 이후 최대의 이삿짐 나르기라고 보도했던 신문도 있었다. 이른 아침에 수십 대의 이삿짐 수송 차량이 대학로에 늘어섰다. 대학원에 다니면서 연구 조교로 일했던 나는 학과 이삿짐을 실은 맨 앞 차에 탔었다. '제1호차 물품 목록'이라는 서류를 들고 호송관이라는 이름표까지 달았다. 차량 행렬이 한강을 건너 고속도로를 달렸다. 말죽거리에서 남부순환도로를 통해 관악 캠퍼스까지 한 시간 가까이 이동했다. 제3한강교라고 불렸던 한남대교를 건너면 허허벌판이었다. 고속도로가 개통된 지 얼마 되지 않을 때였고, 강남 개발이 막 시작되고 있었다. 그렇게 우리는 동숭동의 캠퍼스를 모두 떠나야 했고 학림다방을 버려두어야 했다.

그 후 모든 것이 바뀌었다. 학림다방 건너편에 자리했던 문리대는 본관 건물을 빼놓고는 모두 철거되고 말았다. 캠퍼스 안에서 기품 있게 자라고 있던 마로니에 두 그루와 아름드리 은행나무 몇 그루가 남아서 '마로니에 공원'이라는 새 이름으로 불리게 되었다. 그렇게 사람들의 머릿속에서 문리대 캠퍼스가 서서히 지워져버렸다. 그나마 연건동 의과대학 본관이 그대로 살아남아서 대학로라는 이름이 무색하지는 않다. 넓은 대학 운동장에는 수많은 건물이 들어섰고, 문리대 구관 강의실 터에는 아르코 예술극장이 새롭게 자리 잡았다. 그때 강의실을 기웃대던 젊은 주인공들은 모두 늙은이가 되어 흩어졌다. 그들도 다시 이곳을 찾아와 그 시절을 돌아보았을까? 학림다방의 2층 창가에서 앉아 그 시절의 기개를 떠올려본 적이 있는 친구가 그 가운데 몇이나 있을지 모르겠다.

*

대학로 거리엔 상가 건물들이 휘황하게 늘어서 있고 젊은이들이 넘쳐난다. 대학이 서 있던 자리라는 표석을 보지 않고 문리대를 기억하는 사람이 얼마나 될까? 여기저기 노래를 부르고 춤을 추는 패들이 서로 뽐내는데, 낯선 구경꾼이 된 나는 자꾸 초라해진다. 이 거리에 들어선 사람들 중에서 어쩌면 내가 가장 많은 나이를 먹은 축에 들지도 모른다는 생각 때문이었다. 옛날 문리대 시절을 돌이켜보게 만드는 것은 잘려나가지 않은 채 살아남은 몇 그루의 은행나무와 아름다운 자태를 자랑하는 마로니에뿐이다. 대학로 옆으로는 우리가 '세느강'이라고 이름 붙였던 대학천의 시궁창 물이 흘렀다. 지금은 모두가 시멘트로 복개가 되어, 학교 교문으로 통하던 그 유명한 '미라보' 다리조차 제대로 구분하기 힘들다. 다리 난간에서 옆구리에 책을 끼고 검정색 작업복 차림으로 서성대던 그때의 어둡던 대학생들 대신, 지금 대학로에 밀려오는 젊은이들은 너무나 화사하고 활기차다.

'그래도 학림다방만이 간판으로나마 수십 년 전을 기억할 수 있도록 그 자리에 남아 있구나' 하고 이런저런 생각이 들어 심난해 있는데, 그때 내 곁에 서 있던 중년의 사내가 날 보며 웃었다. 그리고 내게 말을 건넸다.

"이 집 주인입니다."

"아……."

나도 같이 인사를 했다.

"우리 종업원에게 수십 년 전 이 집의 단골이었다고 말씀하셨다기에 인사나 여쭈려고요."

대학이 관악으로 옮겨간 후 학림다방을 그대로 인수하여 운영해오고 있다고 주인이 내게 설명했다. 가끔 문리대 시절을 그리워하며 이곳을 찾는 손님들도 없지는 않단다. 옛날 분위기를 되도록 살려보려고 다방의 내부를 크게 바꾸지 않았다면서, 주인은 따뜻한 커피를 더 올리겠노라며 주방 쪽으로 들어갔다. 잠시 뒤에 주인이 직접 커피 주전자를 들고 새로 가져온 찻잔에 따랐다. 찻잔이 다 식어버리면 커피 맛이 없어진다면서. 세심한 주인의 배려에 나는 속으로 고마워하면서도 이런 정겨운 커피를 맛볼 수 있는 곳이 주변에 흔하지 않다는 것이 안타까웠다.

"지금도 저 음반을 돌리나요?"

내가 다방 안쪽 벽면 하나를 가득 채우고 있는 음반을 가리키자, 주인은 아니라고 고개를 저었다. 옛날부터 있던 것이기에 이냥 장식용으로 늘어놓고 있다는 것이다. 학림다방에서는 아침에 보통 클래식을 많이 틀었다. 그러나 오후엔 팝송으로 바뀌고, 그러면 다방 안의 분위기가 수선스러워졌다. 당시에 유명했던 비틀즈의 인기곡들은 시끄럽고 복잡한 담화 사이로 끼어들곤 했다.

"이렇게 학림이라는 이름이 살아 있으니 고맙다는 인사를 다시 드려야겠군요. 이제는 여기가 문리대가 있던 곳이라고 제대로 기억하는 사람도 많지 않을 텐데……"

내가 말을 잇지 못하자, 주인이 이내 내 말을 받았다.

"바꾸지 않는 곳도 더러는 있어야지요. 이 주변만 해도 해마다 새로운 간판을 내거는 집들이 수도 없어요. 여기 학림은 그냥 제가 지킬 수 있을 때까지 지킬 겁니다."

나는 주인의 말에 고개를 끄덕이며 찻잔을 들었다. 진한 모카 향이 입안 가득 스며들었다.

#고향 마을 다방 은하수

고향 마을에 볼거리가 생겼다. 여름에 농촌 전화 사업을 한다고 야단들이었다. 그 덕에 산골짜기 집집마다 전깃불이 켜졌다. 석유 등잔불을 켜고 두더지처럼 살았는데, 전기가 들어오면서 세상이 바뀌었다.

버스 정류소 옆에 사진관이 있었다. 사진관 옆 공터에서 공사판이 벌어졌다. 목수까지 나서서 제법 높게 시멘트 블록을 쌓아 올렸다. 지붕이 올라가고 큰 유리창에 알루미늄 출입문까지 달았다. 그러더니 외벽은 파랗게 페인트칠을 하고 거기에 야자수 그림까지 그려 넣었다. 마침내 멋진 간판이 내달렸다. 사진관 장 씨가 마을에 은하수라는 다방을 열었다. 다방 벽에 내걸린 메뉴판에는 커피, 인삼차, 홍차, 쌍화차, 요구르트, 콜라, 사이다, 맥주 등의 가격표가 적혀 있었다. 홀의 한 켠에는 선반 위에 보기에도 황홀한 텔레비전을 비치했다. 은하수 다방 지붕 위로 텔레비전 안테나가 잠자리 공중비행을 하듯 세워졌다. 버스가 들어올 때마다 미니스커트를 입은 젊은 마담이 다방 출입문을 열고 나서서 손님들을 불러들였다. 이 놀라운 광경에 대한 소문은 금세 마을 전체로 퍼져나갔고, 저녁마다 다방에는 텔레비전 구경꾼들이 몰려들었다.

내가 대학 3학년을 마친 겨울방학 때였다. 나는 한 달간의 기나긴 방학을 고향 집에서 보낼 생각이었다. 내 책가방 속에는 《황금가지》영어 원서도 들어 있었고, 가와바타 야스나리의 소설책도 들어 있었다. 집에 들어서자마자 나는 윗방에서 청올치 꾸러미를 들고 실낱을 고르시는 할머니 곁에 앉았다. 전깃불이 환하게 들어오니 밤에는 심심하여 옛날 길쌈을 하듯 청올치 노끈을 만드신다고 했다. 고춧대나 참깨 대를 세우고 묶어주는 데에 청올치만큼 요긴한 것이 없다고 하셨다. 내 여동생들은 오빠 마중에 신이 났다.

어머니는 아들을 위해 사랑방을 모두 치워놓은 상태였다. 그러곤 "네가 이 방에서 남폿불 아래 대학입시 공부를 했는데, 이제는 환하게 전등을 달았어야" 하시더니, 또다시 "군불도 지피고 담요를 아랫목에 깔아두었더니 냉기가 가셨다"며 말을 이으신다. 그러면서 내 친구 이야기를 하신다. 오늘 식전에도 형만이가 우리 집에 들렀다는 것이다. 아무래도 내가 집에 내려오는 것을 확인하고 싶었던 모양이다.

사실 나는 버스 정류소 앞에서 그 친구를 만났다. 큰 가방을 들고 버스를 내렸을 때 제일 먼저 반가이 맞아준 것이 형만이었다. 형만이는 내 가방을 자전거 뒤에 싣고는 집까지 따라왔지만 집에는 들르지도 않고 가버렸다. 마을 양조장에서 막걸리 통을 배달하는 일을 도맡아하고 있는데 저녁 배달이 밀렸다면서 말이다. 그러곤 저녁을 먹고 나서 버스 정류소 앞에 있는 은하수 다방으로 나오라면서 자전거를 내달렸다.

저녁 식사를 마쳤을 때, 나는 두꺼운 외투에 목도리까지 두르고 집을 나섰다. 너무 늦지 말라는 할머니의 말씀이 내 등 뒤로 날아온다. 나는 금방 올라온다고 말을 하고는 드문드문 서 있는 외등의 빛줄기를 따라 걸었다.

은하수 다방은 텔레비전 구경꾼들로 시끄러웠다. 친구도 한 구석에 자리를 잡고 나를 기다리고 있었다. 나는 다방 안을 둘러봤다. 홀 한가운데에는 커다랗게 구공탄 난로가 놓여 있고, 그 위에 올려놓은 누런 주전자에서는 결명자 차가 끓고 있었다. 다방 안은 찬바람이 부는 바깥과는 전혀 다르게 후끈했다. 주방에 있던 사진관 장 씨가 가장 먼저 나를 알아보고는 반갑게 맞아줬다. 그러자 동네 박 이장님, 수협 총무 이 씨도 자리에서 일어나더니 손을 내밀었다. 학교 잘 다니다가 왔느냐면서 대학생 손 좀 한번 만져보자며 법석을 떨면서. 나는 그동안 평안하셨느냐고 인사를 하고는 친구가 혼자 앉아 있는 구석 테이블로 갔다.

형만이가 턱으로 수협 이 씨를 가리키면서 나지막하게 이렇게 말했다.

"저 양반, 매일 여기 와서 살고 있어."

그러고는 주머니에서 담배를 꺼내더니 내게 권했다.

"이제는 제대로 배웠지?"

나는 한 대 피우고 싶었지만 "나중에……"라고 말하면서 사양했다. 이장님이 건너다보이는 자리라서 마음이 쓰였기 때문이다. 다방 마담이 탁자 위에 요구르트 두 개를 올려놓고는, 처음 오시는 손님에게 드리는 서비스라고 했다. 수협 총무 이 씨도 내게 인심을 쓴다.

"영민이, 커피 한잔 주문혀. 내가 한턱 내지. 오랜만이니께."

나는 고맙다는 눈인사를 보냈다.

내가 이런 시골에 다방 영업이 제대로 되는지 모르겠다고 하

228

자, 형만이가 손사래를 치며 사진관 장 씨가 장사 수완이 있다고 했다. 다방에 처음으로 텔레비전을 들여놓은 덕분에 밤마다 구경꾼들이 몰려온다는 것이다. 남의 장사하는 집에 텔레비전 구경만 할 수 없으니, 어른들은 대개 커피 한잔이나 맥주 한 병 정도를 마셔야 한다는 것이다. 동네 조무래기들도 곧 몰려올 거라면서 연속극 보는 재미에 모두가 빠져 있다고 설명했다. 그러면서 저녁마다 아이들이 몰려들어서 사진관 장 씨가 다방 은하수의 텔레비전 관람 규칙을 정했다고 했다. 저녁 9시 뉴스가 시작되면 조무래기들은 모두 집으로 돌아가야 한다는 규정이다.

마담은 인스턴트 커피에 크림과 설탕을 한 수저씩 섞고는 내게 물었다.

"설탕 더 넣어드릴까요?"

나는 괜찮다고 하며 그냥 커피 잔을 들었다.

"우리 동네에 유일한 대학생, 그것도 우리나라 최고 대학을 다녀. 나하고는 초등학교 때부터 동창이구."

형만이가 마담에게 나를 거창하게 소개했다. 마담은 나를 건너다보면서 이렇게 말했다.

"아이고, 영광이네요. 얼굴이 대학생 같아요. 곱고……"

형만이가 이 말에 토를 달면서 짓궂게 한마디를 던진다.

"마담, 얌전한 대학생한테 바람 넣지 말고 어서 저기 노인네

들한테로 가요."

그러자 마담이 내 옆자리에 앉으며 말했다.

"나도 좀 젊은 대학생 친구 되면 안 되나? 그렇죠?"

나는 그저 웃고만 있었다.

"그 자리에 앉아 있다가 회장님 오시면 큰일 난다."

형만이는 우리 아버지 이야기를 한다. 가끔 이 다방에 들르신다는 것이다.

"아하, 회장님 댁 둘째 아드님이시구나."

마담은 유쾌하게 웃으면서 커피를 좀 더 가져오겠다며 자리를 일어났다.

저녁 7시가 되니 다방 안은 영화관처럼 사람들로 꽉 찼다. 사람들 모두가 텔레비전을 향하고 있었다. 동네 아이들이 열댓 명이 난로 주변에 쪼그리고 앉아 있었고, 마을 이장님이 이 희한한 구경꾼 가운데 좌장이었다. 홀 안의 열 개 남짓한 탁자와 좌석은 모두 어른들의 차지였다. 마담은 여기저기 커피를 내놓고 맥주병을 땄다. 참으로 저녁 장사가 대단했다.

"여기가 이렇게 장사를 잘하니까 저 선창가 강 씨네 집 2층도 곧 다방을 연다네."

나는 쓸쓸한 기분이 들었다. 마을 전체라고 해야 백여 호밖에 되지 않는 곳인데, 다방이 또 열린다는 것이 이해되지 않았다. 그래도 주말에는 낚시꾼들이 많아서 제법 장사가 되고, 평소에는 천수만의 섬들을 오가는 여객선 때문에 이동하는 사람들이 다방을 많이 찾는다는 것이다. 전깃불이 들어오고 처음 생긴 다방에 텔레비전까지 들여놓았으니 이만한 문화시설이 어디 있겠느냐는 형만이의 말에 나는 그저 웃었다.

내가 서울의 학교 이야기도 들려주고 동네에 전깃불 들어와 편리해졌다고 말하자, 형만이는 국민학교 동창생 금순이가 곧 시집가게 된 사연과 만수네 집에 초상이 나서 상여를 메었던 소식도 전해왔다. 그러곤 자기도 이번 겨울 보내고 서울로 가겠다는 결심을 내비쳤다. 더 이상 여기서 무지렁이 노릇을 하기 싫다면서 말이다. 나는 무어라고 대답을 하지 못했다. 그러면서도 홀로 지내시는 친구의 모친 안부를 물었다. 형만이는 어머니가 지금도 시난고난 앓으신다며, 노인네 혼자 앓아누워 계신 것이 불쌍하여 이 외동아들이 마을을 못 떠난다며 막막한 표정을 지었다. 나는 이 친구가 또 내게 신세타령을 하고 싶어 한다는 것을 알아차렸다. 말은 이렇게 해도 앓아 누워계시는 모친 곁을 계속 지키고 있을 것이다.

그사이에 연속극이 끝나고 아홉 시가 되자, 홀 안에 여기저기 쪼그리고 앉아 있던 아이들이 자리에서 일어서기 아쉬운 듯한 표정을 지었다. 다방의 규칙대로 이장님이 큰 소리로 "이제 너희들 빨리 집에 가서 자야지" 하고 명령을 내렸다. 마침 텔레비전에서는 아홉 시 뉴스가 시작되고 있었다. 그러자 아이들이 모두 나가버리고 다방 안은 잠시 조용해졌다.

"매일 밤 이런 식이야. 애들한테는 큰 구경거리지. 저것이."

형만이가 텔레비전을 가리켰다.

아홉 시 뉴스가 끝날 무렵, 나는 자리에서 일어났다. 그러자 여전히 동네 이장님과 수협 이 씨는 그 자리에 앉아 큰 소리를 냈다. 나는 그분들에게 가볍게 눈인사를 하고는 밖으로 나왔다. 그리고 친구의 등을 몇 번 쓰다듬고는 집에 올라가겠다고 했다. 앞으로 한 달 동안 머물러 있을 거라는 말을 전하면서 발걸음을 옮겼다.

집에 돌아와보니 식구들 모두 나를 기다리는 중이었다. 어머니는 군밤 한 보시기를 내놓으셨다. 바깥마당의 밤나무에서 알밤이 벌어져 떨어진 것이란다. 그러면서 밤을 거의 한 말 정도 거두었다는 말씀을 하셨다.

나는 은하수 다방 이야기를 꺼냈다. 텔레비전 구경을 나온 사람들의 이야기를 했다. 여동생이 우리도 한번 구경을 가면 좋겠다고 말하자, 할머니가 먼저 아버지의 눈치를 보셨다. 내가 웃으면서 "그래, 낮에 한번 내가 데리고 가서 커피 한잔 사주지" 했더니, 동생이 좋아하면서 자기네 방으로 건너갔다. 아버지는 수협 이 씨의 걱정을 했다. 은하수 다방의 외상 장부에 이 씨 이름이 제일 많이 올라 있다는 것이다. 그래서 나는 커피 한잔 얻어 마신 것이 괜히 마음이 쓰였다.

#이상의 집

　서울 종로구 통인동 154-10번지의 낡고 작은 한옥에 이상을 기리는 '제비다방'이 문을 열었다. 이 집은 철거 대상인 곳이었는데, 2003년 김수근문화재단이 매입하여 '제비다방'이라는 이름으로 작은 공간을 꾸몄다. 문화유산국민신탁과 재단법인 아름지기가 '통인동 제비다방 프로젝트'의 일환으로 일반에게 개방 운영했다. 지금도 문화유산신탁이 제비다방을 열어놓고 있다. 이상과 관련된 문화예술의 소모임에 활용할 수 있고, 서촌 지역 주민들도 이용할 수 있다.

　'제비다방'이라는 간판을 내건 이 한옥은 이상을 양자처럼 데려다 키운 백부의 집이 있던 자리였다. 이상은 바로 세 살 아래의 친동생 운경이 태어난 직후 생부모의 곁을 떠나 백부가 세상을 떠난 뒤까지 20년 가까이 통인동 154번지의 큰집에서 살았다. 소학교를 졸업하고 보성고보를 마쳤을 때도, 경성고등공업학교 건축과를 3년 동안 다닐 때도 이곳에 살고 있었다. 또한 조선총독부 건축과의 기사로 취직하여 출근했을 때도 이곳에 살고 있었다. 그의 첫 장편《십이월십이일》(1930)과 첫 단편소설〈지도의 암실〉(1932)을 이곳에서 썼고, 일본어 시〈이상한 가역반응〉과 일본어 연작시〈조감도烏瞰圖〉, 〈선에 대한 각서〉, 〈건축무한육면각체〉등도 모두 이곳에 살 때 발표했다. 이상의 삶의 상당 부분이 이곳에서 이루어졌으니, 이상의 삶과 그의 문학을 기리는 새로운 공간이 여기에 들어서는 것은 너무도 당연한 일일 것이다. 하지만 이 자리에 얽힌 사연은 참으로 기구하기만 하다.

이 작은 집이 세간의 관심을 끌게 된 것은 2003년 1월 철거 직전에 건축가 김원 씨가 김수근문화재단을 통해 매입한 후 이상이 살았던 집으로 추정하여 문화재청에 근대문화재로 등록(2004년 9월, 등록문화재 88호)하면서부터이다. 당시 통인동 골목 길가에 서 있던 이 작고 낡은 집에는 작은 서당과 옷 수선 가게가 있었다. 집 주인은 이 집을 부동산 개발업자에게 팔아넘기려고 계약을 맺었다. 천재 시인 이상의 창작 산실이었던 공간이 부동산 개발업자에게 팔려 곧 헐리게 되었다는 소식을 들은 김원 씨는 종로구청에 탄원서를 내고 건축가협회의 도움을 받아 위약금까지 물어준 뒤 매매계약을 파기하도록 했다. 김원 씨는 이 집터에 이상 생가를 복원한다는 계획도 세웠다. 그러나 이 집은 이상이 살았던 곳이 아니라 이상 사후에 이 땅을 매입한 사람들에 의해 새로 지어졌다는 사실이 확인되었고, 그러면서 2008년 6월 근대문화재 등록이 말소되었다.

이런저런 논란이 자연스럽게 이어졌고, 일부 언론에서는 문화재 당국의 서투른 행정을 지탄하기도 했었다. 그런데 이 집을 2009년 7월 문화유산국민신탁에서 그대로 매입했다. 비록 근대문화재 등록이 말소되었다 하더라도 이 공간의 역사적 가치를 인정해야 한다는 생각에서였다. 문화유산국민신탁에서는 이 자리에 이상의 생가를 복원하고 작은 기념관을 만드는 계획을 세웠다. 그러나 이 계획에도 차질이 생겼다. 서촌주거공간연구회를 비롯하여 일부 주민들이 이 한옥의 원형 보존을 요구했기 때문이다. 결국 문화유산신탁은 2010년 6월 재단법인 아름지기의 협조를 얻어 네 명의 건축가의 공동 설계를 통해 한옥의 원형을 살리면서 소규모 문화예술의 활동 공간으로 사용할 수 있도록 오늘의 '제비다방'을 차렸다.

*

나는 개인적인 관심으로 이 집을 여러 차례 찾았다.《이상 전집》(2009)을 새로 엮고 이상의 생애를 다시 추적하기 위해서였다. 토지대장과 지적도를 통해 통인동 154번지에 이상이 살았던 것을 확인하기도 했고, 이상의 생가와 백부의 가계家系를 확인하기 위해 제적부 등본을 찾기도 했다. 그리고 이러한 조사를 통해 이상의 출생과 성장 과정에 얽힌 여러 가지 사실들을 밝혀내게 되었다.

이상의 호적(제적부등본)에 따르면 부친은 김영창이며, 모친은 박씨이다. 그동안 대부분의 연구서들이 이상의 부친을 김연창으로 표시했다. 이제는 잘못된 기록을 김영창으로 바로잡을 필요가 있다. 김영창은 강릉 김씨 김석호의 차남으로, 1884년 8월 17일생으로 표시되어 있다. 이상의 모친 박 씨의 이름은 박세창으로 알려져 있지만 호적에는 '박씨' 또는 '박성녀'로 표기되어 있다. 이를 통해 이름이 분명하지 않았기 때문에 제대로 표기하지 못했다는 것을 알 수 있다. 이 기록에 따라서 모친의 성함도 근거가 불분명한 '박세창'을 버리고 '박씨' 또는 '박성녀'로 고쳐야 할지도 모르겠다.

이상의 부친인 김영창의 호적 사유를 자세히 검토해보면 몇 가지 특이한 점을 발견할 수 있다. 일반적으로 차남은 결혼 후에 전 호주의 호적에서 분가되어 새로운 호주가 된다. 그러나

김영창의 경우는 결혼 후에 그의 형인 김연필의 호적에서 분가하여 새로운 호주가 된 것이 아니다. 그는 양조부 김학교의 후사로 입양되어 그 가계를 이었던 것이다. 이 과정에 대해서는 좀 더 정확한 사실 관계의 확인이 필요하지만, 이상의 가계에 관한 모든 기록은 1947년에 소실되어버렸고, 그 후 재편된 호적에는 더 이상의 기록 내용을 찾을 수 없다. 이 호적의 기록을 따라가보면 이상의 증조부 김학준에게는 아우 김학교가 있었다. 김학교는 이상에게는 종증조부에 해당한다. 김학준의 경우는 아들 하나를 두었는데, 그가 바로 이상의 조부인 김병복이다. 김병복의 소생인 두 아들이 이상의 백부인 김연필과 친부 김영창이다. 그러나 종증조부인 김학교는 딸 하나만을 두면서 후사를 이어갈 수 없게 된다. 이런 연고로 이상의 부친 김영창은 김학교의 처인 강씨(김영창의 양조모)가 세상을 떠난 후 대정 2년(1913) 11월 3일 호주를 승계하여 종증조부의 가계를 잇는다. 결국 이상의 부친인 김영창이 종조부인 김학교의 양손으로 그 호주를 승계한 셈이다. 이런 방식으로 호주 상속이 이루어지게 됨으로써 이상의 부친 김영창은 실형인 김연필과 호적상으로 6촌으로 갈라진다. 이것이 이상의 나이가 네 살 되던 해의 일이다.

  호적의 사유에는 김영창과 박씨의 결혼 내용이 기록되어 있지 않다. 두 사람 사이에는 2남 1녀의 소생을 두었다. 그 첫째가 김해경이다. 우리가 알고 있는 시인 이상이 바로 이 사람이다. 이상은 김영창과 박씨 사이의 장남으로 명치 43년(1910) 8월 20일 경성부 북부 순화방 반정동 4통 6호에서 출생한 것으로 기록되어 있다. 이 기록의 날짜는 음력이며, 이를 양력으로 바꾸면 1910년 9월 23일 토요일이다. 그런데 여기 표시된 순화방 반정동 4통 6호의 현주소를 확인할 수가 없다. 조선 말기의 구역 표시였던 '순화방'에는 '반정동'이라는 지명이 없다. 이 지명은 일제 초기에 모두 바뀌었으므로 호적의 재편제 과정에서 생겨난 오기일 가능성이 높다. 유사 지명으로 확인할 수 있는 것은 박정동이 있는데, 궁정동과 사직동의 중간 지역으로 추정되는 곳이다. 현재의 통인동도 여기 포함된다.

기록상으로는 이상이 백부의 집에 양자로 입적되었다는 사실을 확인할 수 없다. 이상의 결혼에 관한 내용도 호적상에 기록되지 않았다. 1936년, 이상은 변동림과 결혼했지만 혼인신고를 하지 않은 채 일본 동경으로 떠났다. 그런데 그의 죽음에 대해서는 정확하게 1937년 4월 17일 오후 12시 25분 동경시 본향구 부사정 1번지 동경제국대학 의학부 부의원에서 사망했다고 기록되어 있다. 사망 신고는 동거자 변동림에 의해 계출되어 동월 22일 접수되었다는 것이다.

둘째는 2남 김운경으로 대정 2년(1913) 6월 29일 생이며, 셋째인 장녀 김옥희는 대정 5년(1916) 11월 28일 생이다. 이상의 남동생 운경의 경우에도 호적부에는 결혼 사유가 없다. 김옥희는 평안북도 선천군 심천면 고군영동 713번지 문병준과 1942년 6월 5일 혼인 신고하였으며, 동월 29일 제적되었다. 김옥희는 해방 이후 서울에 거주하였고, 1970년대까지 생존하여《문학사상》을 비롯한 여러 잡지에 이상에 대한 회고담을 들려준 바 있다. 김옥희의 회고〈오빠 이상〉에 의하면 김운경은 1950년 한국 전쟁 당시 월북한 것으로 되어 있으며, 김운경의 호적은 2008년에 말소 처분되었다.

*

이상의 성장 과정에서 큰 영향을 미친 백부 김연필의 가계를 제적부 등본을 통해 살펴보기로 한다. 김연필은 부 김병복과 모 최씨 사이에서 명치 15년(1883) 12월 3일 장남으로 태어났다. 1914년 김병복의 사망으로 호주를 상속받았고, 본적은 경성부 통동 154번지이다. 김연필은 상공업에 종사하면서 재산을 모았고 하위직 관리로 일했던 중산층이었다. 김연필에 관한 공식적인 기록은 그의 제적부가 전부이다.

그런데 최근에 나는 대한제국 관보를 뒤지다가 우연히도 김연필에 관한 기록을 하나 찾았다. 융희隆熙 3년 1909년 5월 26일자 관보의 '휘보' 학사란에 당시 관립공업전습소工業專習所의 제1회 졸업생 명단이 있었다.

金工科 專攻生 七人 金演弼 朴永鎭 李容薰 洪世煥 崔天弼 鄭致爕 李宗泰

맨 앞에 '김연필'이라는 이름이 적혀 있는 것이다.

관립공업전습소의 기원은 대한제국이 설립한 농상공학교(1904)에서 시작한다. 이 학교가 1906년 8월에 농과는 수원농림학교, 공업과는 관립공업전습소로 분리되었다. 공업전습소는 1907년에 '관립공업전습소 규칙'에 의거하여 한성부 동서 이화동에 설립되었는데, 토목과, 염직과, 도기과, 금공과, 목공과, 응용화학과, 토목과를 두었다. 공업전습소는 실제 업무에 종사할 기술자를 양성하는 것을 그 주요 목표로 하여 보통학교나 소학교 졸업자들에게 입학 자격을 부여하였으며, 그 수업연한은 2년이었다. 1912년 조선총독부 중앙시험소가 설립되면서 시험소의 부설 공업전습소로 귀속되었으며, 1916년 4월 '조선총독부 전문학교 관제'에 따라 경성공업전문학교가 설립되면서 기존의 공업전습소는 학교의 부속기관으로 흡수되었다. 1922년 3월 '조선총독부 제학교 관제'가 공포되자 경성공업전문학교가 경성고등공업학교로 개편되었다.

관립공업전습소의 제1회 졸업생 명단에 포함되어 있는 김연필이 이상의 백부 김연필과 동일 인물이라는 사실은 '공업학교 계통의 교원으로 계시다가 나중엔 총독부 기술직으로 계셨던 큰아버지 김연필 씨'라는 김옥희의 증언을 통해 추측해볼 수 있다. 특히 이상의 경성고공 입학이 백부의 뜻에 따른 것이었다는 점은 공업전습소 출신이었던 김연필의 경력으로 미루어볼 때 충분히 납득할 수 있는 일이다.

김연필은 결혼 후 본처(기록상으로는 전혀 드러나지 않음)와의 사이에 소생이 없었다. 강릉 김씨 양반을 자처하던 집안 장손의 후대가 끊어지게 되자, 김연필은 아우 김영창의 장남 김해경(이상)으로 하여금 자신의 후사를 이어가게 할 계획을 세웠다. 김영창은 두 아들(해경과 운경)과 딸 하나(옥희)를 두고 있었다. 마침 김영창이 종조부인 김학교의 양손으로 입적해 호주를 상속하게 되어 지손支孫으로 분가하게 되자, 김연필은 조카인 김해경을 그의 집으로 데려가게 되었다. 이상이 백부 김연필의 양자였다는 말이 나돌게 된 연유가 여기에 있다.

그런데 이상의 누이동생 김옥희의 회고에 의하면, 총독부 하급직 관리로 일했던 김연필은 결혼 후 자식을 두지 못하자 본처를 두고 어디서 아들이 하나 딸린 여인(호적상의 김영숙)을 소실로 맞았다는 것이다. 한 집안에 본처가 살고 있는데 소실로 김영숙이 들어와 한동안 함께 지내게 되자, 이상에게는 큰어머니가 두 사람이 된 셈이었다. 하지만 본처가 곧 집을 나가버리자 김영숙이 정식 재판을 거쳐서 김연필의 처로 입적하였다.

이상이 경성고공에 입학했던 1926년의 일이다. 김연필은 김영숙이 데리고 들어온 아들도 자신의 아들로 입적시켰다. 그가 바로 김문경(1912년생)이다. 제적부 등본에는 김영숙이 대정 15년(1926) 7월 14일 경성지방법원의 허가 재판에 따라 취적했다고 기록되어 있고, 그 아들인 김문경이 바로 뒤를 이어 대정 15년 7월 23일자로 호적에 입적되었다는 사유도 기록되어 있다.

김연필의 법적인 처가 된 김영숙은 평안북도 자성군 자하면 송암리 382번지 부 김준병과 모 김씨의 3녀로 명치 24년(1892) 8월 9일에 태어났다. 그런데 김연필과 김영숙 사이에 김문경 대정 원년(1912) 11월 11일 경성부 통동 154번지에서 장남으로 출생하였다고 기록되어 있지만, 이것은 사실과 다르다. 김문경도 호적에 입적한 것은 대정 15년(1926) 7월 23일이다. 모친 김영숙이 재판에 의해 취적 허가를 받은 후에 그 아들 김문경이 호적에 입적했다는 사실을 미루어 알 수 있다.

이상의 누이동생 김옥희는 1985년 11월 잡지《레이디경향》의 한 인터뷰에서 "대부분의 사람들이 잘 모르고 있습니다만 큰어머니는 한 분이 아니라 두 분이셨습니다. 오빠가 처음 큰집으로 들어갔을 때는 집안에 자식이라곤 없었다고 들었습니다. 지금도 살아 있는 XX 씨는 나중에 들어온 새로운 큰어머니가 데리고 온 아들이지요"라고 밝힌 바 있다. 김연필은 상공업에 종사하면서 재빨리 신분의 변신을 꾀함으로써 집안을 일으켜 세웠고 총독부의 일을 그만두고 뛰어든 작은 사업으로 서북지역에 갔다가 애 하나 딸린 여자를 만나게 되었다는 것이다. 결국 김연필이 자신과는 혈연이 닿지 않는 김문경을 아들로 호적에 입적시킴으로써 김연필은 법적으로 소생을 얻게 된 것이다.

그러나 이 문제는 김연필이 사망한 뒤에 재산 상속 등의 문제와 결부되어 가족 내에 갈등을 야기하게 된다. 김연필이 1932년 5월 7일 경성부 통동 154에서 나이 50세에 사망하자, 그해 8월 4일 김문경이 호주를 상속하였다. 양자 입적을 계획했던 이상은 백부의 집안과 더 이상 관계를 유지할 수 없게 되었다. 이상은 그해에 건강상의 이유로 조선총독부 건축기사를 사임하였고, 1933년 황해도 배천온천에서의 요양 생활 후 백부의 소상을 치른 뒤에 큰집과의 관계를 실질적으로 청산하면서 갈등을 빚었다. 이상이 백부의 그늘에서 벗어나게 된 것은 김연필의 사망 직후의 일이지만, 그는 이미 1926년 경성고공에 입학하던 해에 김연필의 법적 후계자로서의 지위를 잃고 있었다. 새로 들어온 백모 김영숙이 정식으로 김연필의 처로 호적에 오르고 그녀가 데리고 들어온 사내아이가 '김문경'이라는 이름으로 입적되어 김연필의 법적 상속자가 되었기 때문이다.

이상의 백부 김연필은 1931년 통인동 154번지를 지분 분할을 통해 154-1과 154-2로 나누어 매도했다. 토지대장과 지적도의 기록을 보면, 통인동 154번지는 당시의 가옥과 대지를 합쳐 300평이 넘는 땅이었다. 이러한 정황에 대해서는 이 집에서 하숙을 했던 이상의 친구 문종혁의 회고 〈심신산천애 묻어주오〉(1969. 4.)에 다음과 같이 설명되어 있다.

이상의 집(실은 상의 백부님 집)은 통동 154번지이다. 지금의 중앙청과 사직공원 중간 지점에 위치해 있다. 순수한 주택으로서 안채와 뒷채, 그리고 행랑방이 하나, 따로 떨어져 있는 송판제 바라크 변소가 하나 이렇게 구성되어 있다. 기와집이었으나 얕고 낡아서 명실공히 서민층의 고옥이었다.

이 집의 특색이라면 대지가 넓었다. 백여 평도 넘는 밭을 이루고 있었고, 밭에는 철따라 마늘이니 상추 같은 것이 심어지고 있었다. 늦가을이 되면 옥수수와 수수대만이 꺼칠하게 서 있었다. 흙냄새를 풍기는 집이었다. 바라크 변소가 이 밭 가운데 외롭게 달랑 서 있다. 후일 상은 이 변소에 앉아 달과 이야기하며 시상詩想에 잠기곤 했다.

안채는 우리나라 전형적 건물이다. 즉 안방에 대청 건너 건넌방, 안방에는 부엌이 달려 있다. 안방은 2간 장방이요 외광도 좋다. 상의 백부님과 백모님과 사촌동생 문경이의 거실이다. 대청 건너 건넌방은 안방과는 대조적이다. 좁기도 하지만 어두컴컴하다. 햇볕이라고는 연중 들지 않는 방이다. 이 방이 상과 상의 조모님의 거실이다.

김연필은 1931년 앞의 문종혁의 회고에서도 확인되는 백여 평이 넘는 집 뒤에 있는 텃밭을 154-2로 분할하여 매도하였다. 그리고 안채와 사랑채가 있는 집만을 154-1로 소유하였다. 그런데 이 집마저 김연필이 세상을 뜬 직후인 1933년 다시 둘로 쪼개졌다. 이번에는 김영숙과 그 아들인 김문경이 154-1번지를 지분 분할하여 매도한 것이다. 결국 154-1번지는 다시 154-5와 154-6으로 나뉘었다. 이러한 과정에서 이상과의 갈등이 적지 않았을 것이지만, 그 내막은 확인할 가능성이 없다.

한편 김연필이 분할 매도한 154-2번지는 뒤에 154-3과 154-4로 다시 분할되었고, 154-4는 다시 154-7, 154-8, 154-9, 154-10 등으로 분할되어 자잘한 집들이 들어서게 되었다. 지금 남아 있는 154-10번지의 작은 한옥이 바로 이 중의 하나인 셈이다.

*

나는 요즘도 자주 제비다방을 찾는다.

광화문 근처에서 약속이 생기면 일을 끝내고 일부러 이곳에 들른다. 이상의 문학과 예술을 기리는 뜻이라면 이 초라한 제비다방도 고마울 뿐이다. 통인동 154-10번지 열 평 남짓한 한옥을 개조하여 만든 이 새로운 공간은 이상의 삶의 흔적이 남아 있는 몇 안 되는 장소이다. 제비다방은 서촌을 탐방하는 사람들에게 작은 쉼터로서 알차게 프로그램을 운영하고 있으니 참으로 다행한 일이다. 문화유산신탁과 재단법인 아름지기의 노력이 있었기에 이나마 가능해졌다고 할 수 있다.

통인동 154번지─. 나는 이 자리를 모두 수습하여 제대로 된 이상 기념관을 세우고 이상의 성장기의 요람이었던 옛집도 제대로 복원할 수 있을까를 생각한다. 서촌의 주민들도 이런 계획이라면 흔쾌히 동조하지 않을까? 이상의 집이 살아나고 통인동을 비롯한 서촌 마을도 함께 문화의 향기가 풍기는 서울의 명소가 된다면 얼마나 좋을까?

커피 한잔

커피 한잔.

우리는 누구를 만나든지 '커피 한잔하실래요?'라는 말을 쉽게 던진다. 그리고 이 말을 큰 부담 없이 받아들인다. "커피 한잔합시다"라고 누군가 먼저 제안하면 대부분 이를 거절하지 않는다. 커피야말로 편한 만남의 시작이요, 가벼운 대화의 출발이다.

'커피 한잔'은 언제 어디서나 가장 편하고도 쉽게 던질 수 있는 말이다. 예전에는 사내들끼리 만나면 대개 '막걸리 한잔'또는 '소주 한잔'으로 시작했는데, 이제는 세상이 바뀌어 '커피 한잔'이면 그만이다. 서로 서먹서먹하면 주머니에서 담뱃갑을 꺼

내어 "한 대 하실래요?" 하고 권하기도 했다. 하지만 담배를 피우지 않는 사람이 많아지니 이런 식의 담배 인심도 보기 어렵다. 그러므로 '커피 한잔'은 누구든 만날 때 던지는 첫인사처럼 굳어졌다.

커피는 아침에 그 향기를 맡아야 제격이다. 그런데 나른한 오후에도 커피 한잔이 주는 매혹을 물리치기는 어렵다. 늦은 밤 서재에 홀로 앉아 책장을 넘기면서 마시는 연한 커피의 정취는 그 무엇으로도 바꿀 수가 없다. 커피는 사랑하는 사람과 카페에서 마주 보며 마실 때 가장 달콤하지만, 혼자 다방 구석에 앉아 마셔도 그리 쓸쓸하지 않다. 조용한 거실에서 커피 잔을 들고 창밖을 내다보며 상념에 잠길 수도 있고, 왁자지껄한 카페에서 사람들 틈에 끼어 커피 한잔을 즐기는 것도 전혀 불편할 리 없다. 까다로운 상사의 집무실에 불려가서도 긴장을 풀어주는 것은 상사가 내주는 커피 한잔이다. 편의점 한 귀퉁이도 커피 한잔을 즐기는 데에는 충분하고, 버스 정류장이나 지하철역의 플랫폼에서 무료한 시간을 보내기에도 커피 한잔이 알맞다. 공원의 벤치에 앉아 한가로이 커피 한잔을 맛볼 수 있다면 그런 행복감을 어디에 비교할 수 있겠는가?

＊

    이른 아침 출근길, 지하철역에서 사람들이 부리나케 빠져나
온다. 역 근처에 문을 연 커피숍 앞에 젊은 여성이 서 있다. 커피
한잔과 베이글 한 개를 작은 봉지에 담아 들고 잰걸음으로 골목
길에 접어든다. 어떤 젊은이는 아예 가게 앞에서 샌드위치를 입
에 넣고 커피 한잔으로 목을 축인다. 점잖은 중년 신사는 가게
안으로 들어와 빵 한 개와 커피 한잔을 주문하고는 빈자리에 자
리 잡고 앉아 바쁘게 휴대전화를 꺼내 든다. 도심의 아침 출근
길에서 흔히 보는 풍경이다. 바쁜 도시인들의 아침 식사가 이렇
게 조촐하다.

    점심시간이 되면 번잡한 도시의 빌딩에서 사람들이 쏟아져
나온다. 그리고 사방으로 흩어진다. 이들이 점심식사를 마치고
다시 빌딩으로 들어서는 모습이 재미있다. 젊은 여성이든 중년
의 신사든 대부분 테이크아웃 커피 한잔씩을 들고 있다. 식사
후에는 당연히 커피 한잔을 들어야 하는 것처럼 말이다. 커피
한잔이 일상의 한 부분이 된 것이다. 식당 한구석에 커피머신
을 놓고 손님에게 커피를 무료 서비스하는 곳도 많으니, 사람
들이 들고 있는 종이컵이 반드시 '스타벅스' 것일 필요는 없다.

저녁 무렵의 카페는 왁자지껄하고 사방이 소란스럽다. 누군가를 만나고, 기다리고, 이야기하는 사람들 앞에 커피 잔이 놓여 있다. 커피 잔 앞에서는 서로 진지해지기도 하지만, 모두가 들뜨고 신이 나 있다. 커피 한잔이 이렇게 다채로운 풍경을 만들어낸다. 물론 그 풍경은 커피 향에 어울리는 색깔로 채워지기 마련이다.

세상 사람들이 모두 커피를 즐기는 것은 아니다. 내가 자주 만나는 친구 중에는 커피를 전혀 입에 대지 않는 이도 있다. 그 친구한테는 '커피 한잔'이라는 말이 별로 달갑지 않을 것이다. 둘이 카페에 앉으면, 나는 커피를 마시고 그 친구는 언제나 주스를 마시거나 인삼차를 주문한다. 그러니 내가 커피 한잔으로 만족하지 못하고 잔을 다 비운 후에 리필을 하면 오히려 그 친구에게 미안해질 때도 있다. 하지만 나는 커피를 한 모금만 마셔도 밤에 잠을 자지 못한다는 친구의 말을 신용하지 않는다. 왜냐하면 나는 한밤중에도 커피를 즐겨 마시는데, 커피 때문에 잠을 못 잔 일이 없기 때문이다.

*

커피는 이제 단순한 음료 중 하나가 아니다.

커피의 종류도 가지가지이며 사람마다 커피를 즐기는 방식도 서로 다르다. 커피가 사람들의 생활관습도 바꾸어놓고 일하는 태도까지도 변화시킨다. 요즘 모두가 불경기라고 야단이지만 전국에 걸쳐 커피숍이 가장 많이 늘어났다고 한다. 우리 동네 골목에도 한두 해 사이에 새로 생긴 예쁜 커피숍들이 성업 중이다. 전문적으로 커피를 만드는 바리스타 교육을 받기 위해 퇴직한 사람들까지 몰려들어 성황이라는 뉴스도 본 적이 있다. 이쯤 되면 커피는 우리네 살림살이의 한 영역이 된 셈이다.

커피의 일상이라는 말도 가능할까? 테이크아웃 커피 잔을 들고 거리를 활보하는 젊은이의 모습을 보며 커피의 패션이라고 하면 누가 무어랄까? 커피 한잔이 점심 한 끼보다 더 비싸다고 하니 커피의 허영이라는 말도 생길 법하다. 하지만 나는 자신의 기호를 위해 기꺼이 주머니를 비울 수 있는 것은 거품이 아니라 자기 행복이라고 생각한다. 이래저래 커피 한잔이 삶의 모습까지 바꿔놓고 있다. 그러니 커피의 문화라는 말도 생겨난다.

커피는 문화다.

|출처|

5~7p〈커피 한잔〉, 신중현 작사 작곡, 한국음악저작권협회

17~18p〈황송한 일〉, 《독립신문》, 1898. 9. 13.

28~29p《산천초목》, 이해조, 유일서관, 1912.

77p〈커피 잔을 들고〉, 김기림, 《신여성》, 1933. 6.

78p〈도시 풍경〉, 김기림, 《조선일보》, 1931.2. 21-24.

83~84p〈끽다점평판기〉, 《삼천리》, 1934. 5.

85~86p〈오빠 이상〉, 김옥희, 《현대문학》, 1962. 6.

87~88p〈병상 이후〉, 이상, 《이상전집 4》, 권영민 편, 태학사, 2013.

92~93p〈자작자화 유모어콩트 제비〉, 박태원, 《조선중앙일보》, 1939. 2. 22-23.

102~103p《소설가 구보씨의 일일》, 박태원, 문학과지성사, 2005.

105p〈인텔리 청년 성공 직업〉, 《삼천리》, 1933. 10.

107~110p〈다당여인〉, 이선희, 《별건곤》, 1934. 1.

130-131p〈보리밭〉, 박화목 작사, 1952, 한국음악저작권협회

148~150p〈카페·프란스〉, 정지용, 《정지용 전집 1》, 권영민 편, 민음사, 2016.

171p〈실화〉, 이상, 《이상 전집 2》, 권영민 편, 태학사, 2013.

173~175p〈바·노바〉, 주영섭, 《탐구》, 1936. 5.

185, 189p《반 고흐, 영혼의 편지》, 빈센트 반 고흐, 신성림 편, 위즈덤하우스, 2017.

214p〈풍장 27〉, 황동규, 문학과지성사, 1995. 사이저작권에이전시

246~247p〈심신산천에 묻어주오〉, 문종혁, 《여원》, 1969. 4.